刘上洋 主编

中外道德警示100例

ZHONGWAI DAODE JINGSHI 100 LI

百花洲文艺出版社

contents

目 录

中外
道德警示
100例

■ 以崇尚科学为荣
  以愚昧无知为耻

■ 以辛勤劳动为荣
  以好逸恶劳为耻

■ 以团结互助为荣
以损人利己为耻

■ 以艰苦奋斗为荣
以骄奢淫逸为耻

以热爱祖国为荣
以危害祖国为耻

YI REAI ZUGUO WEI RONG
YI WEIHAI ZUGUO WEI CHI

在祖国母亲蹒跚前行的五千年历史中，许多曾经煊赫一时的王朝由崛起走向覆灭，许多曾经绚烂一季的民族从兴盛走向衰亡。而我们中华民族，在经历了大唐盛世的霓裳羽衣、康乾之治的国泰民安以及鹰犬列强的瓜分蹂躏、国土沦丧的凄风苦雨后，依然屹立于世界的东方。这是因为，在爱国主义精神的感召和激励下，有无数炎黄子孙，用自己的赤子之心、血肉之躯、聪明才智，保卫着、建设着我们的祖国。无论经历怎样的沧桑巨变，我们的民族都能生生不息，我们的祖国依旧傲然挺立。

爱国主义是中华民族的优良传统美德，是全国各族人民共同的精神支柱，在维护祖国统一和民族团结、抵御外来侵略和推动社会进步中，具有伟大的凝聚力和生命力。从贾谊的"国而忘家，公而忘私"，到顾炎武的"天下兴亡，匹夫有责"；从孙中山第一个喊出"振兴中华"，到邓小平的"我是中国人民的儿子，我深深地爱着我的祖国和人民"，爱国主义不仅是中华民族团结奋斗的伟大旗帜，也是每一个中国人成就伟大人格的根本所在。

历史上的反动统治者、民族败类，为了保住自身的权势地位、换取自身的荣华富贵，不惜出卖民族利益、国家主权，逆历史潮流而动。如陷害忠良的秦桧、妄窃天下的袁世凯、卑躬屈膝的张邦昌、认贼作父的汪精卫。但是，在爱国主义精神的强大力量下，他们的阴谋永远无法得逞，他们的名字永远被钉在历史的耻辱柱上。

邓小平同志指出："中国人民有自己的民族自尊心和自豪感，以热爱祖国、贡献全部力量建设社会主义祖国为最大光荣，以损害社会主义祖国利益、尊严和荣誉为最大耻辱。" 热爱祖国，不是口号和空谈，而是实实在在的行动，我们每一个人，都要有以天下为己任的责任感，从一点一滴做起，从自身做起，为我们伟大的祖国贡献自己的全部力量。

（钟贞山　编稿）

利于国者爱之，害于国者恶之。

——［春秋］晏婴

不爱自己国家的人，什么也不会爱。

——［英国］拜伦

安史之乱祸首安禄山

安禄山，营州柳城（今辽宁朝阳）人。本名轧（一作阿）荦山，父亲早死，母亲改嫁给安延偃后，冒姓安氏，改名禄山。

安禄山长大以后，外表忠厚老实，实际上残忍狡诈，精通吹捧迎合之术。安禄山见杨贵妃最受唐玄宗宠爱，尽管他比杨贵妃大18岁，却心甘情愿做她的养子。安禄山进见时，常常先拜杨贵妃，后拜玄宗，玄宗十分奇怪，追问原因，他回答说："胡人先母而后父。"有一次杨贵妃别出心裁，用锦绣做了一个包裹婴儿的大襁褓，将安禄山裹起来嬉笑玩耍，后宫欢呼之声不绝于耳。玄宗得知是贵妃按照风俗，在安禄山生日后三天做洗儿活动，十分高兴，亲往观看，并赐给杨贵妃大量洗儿金银钱物。安禄山通过这种阿谀奉承的手段，深得唐玄宗、杨贵妃的宠信，不断加官晋爵。

玄宗统治晚年，安禄山身兼数职，掌握了现在河北、辽宁西部、山西一带的军事、民政及财政大权，他深知唐王朝内地军备虚弱，于是不断储备物资，招兵买马，扩充势力，阴谋叛乱。

唐玄宗天宝十四载（755年），安禄山认为叛乱的准备工作已经全部就绪，就打着讨伐奸臣杨国忠的旗号在范阳发动叛乱。叛军很快攻陷洛阳，第二年又攻陷长安，唐玄宗被迫逃亡到四川。从此，唐朝的半壁江山陷于长期战乱之中。

安禄山起兵后，性情变得格外暴躁残忍，部下不堪忍受。公元757年正月，其子安庆绪与安禄山的侍卫勾结，发动政变，将安禄山刺死。安禄山被杀后，唐王朝花了数年时间才平息了叛乱。

这场持续时间长、波及范围广的叛乱，是唐朝由盛转衰的转折点，国家陷入了藩镇割据的局面。长年战乱也使社会遭到一场浩劫，当年开元盛世的景象已经一去不复返。著名诗人杜甫在《无家别》中这样描绘战乱结束后，他回到家乡所见到的景象："寂寞天宝后，园庐但蒿藜。我里百余家，世乱各东西。存者无消息，死者为尘泥。贱子因阵败，归来寻旧蹊。……"

【点评】王侯将相本无种，追求更高地位，本无可厚非，但是安禄山选择了最错误的方式，他为一己之私而不惜祸国殃民，致使天下生灵涂炭，是国家和人民的罪人。

（尚田　编稿）

与其忍辱生，毋宁报国死。

——何香凝

人类最高的道德标准是什么？那就是爱国心。

——［法国］拿破仑

傀儡皇帝张邦昌

张邦昌，字子能，永静军东光（今河北东光）人，进士出身。他善于逢迎投机，深得徽、钦二帝宠信，一直官运亨通。

徽宗宣和七年（1125年）年底，金军入侵，围困东京。东京城经过一百多年的经营，防务设施十分完备，金军仓促间无法取胜，于是提出议和，条件是宋朝交出黄金500万两、白银5000万两、牛马万匹、缎百万匹，割三镇土地，并以亲王、宰相为人质。当时担任太宰的张邦昌和宰相李邦彦等人贪生怕死，不惜出卖国家利益，力劝钦宗答应这些屈辱的条件，并不惜与赵构一起入金营为人质。做人质期间，宋朝将领姚平仲率军夜袭失利，金军主帅宗望面对康王赵构和张邦昌怒斥宋朝"背信弃义"，康王赵构一声不吭，保持沉默。而张邦昌吓得手足无措，痛哭流涕地解释说姚平仲率军夜袭绝非宋朝廷本意。张邦昌的态度让宗望觉得此人软弱可欺，将来必然有用。

靖康元年（1126年）年底，金军再次入侵，攻占了东京城，徽宗和钦宗被俘。金国由于国力不足，不敢贸然称帝，于是令宋朝大臣推举一名道德隆茂、众皆推服、长于治民的异姓官员为皇帝，可是金人心目中早有了一个最合适的人选——张邦昌。由于金人势焰熏天，那些心中无主见、

5

善于看风使舵和为保全性命的人，都表示愿意拥戴张邦昌，而那些刚直不阿、坚持己见者都被金人掳至军中。

此时张邦昌却假装万般痛苦无奈，要自杀，给人一种不愿当皇帝的假象。有人一针见血地嘲讽他："相公前日不战死在城外，而今死在这里，是想涂炭一城生灵吗？"张邦昌只好收起这套把戏。靖康二年（1127年）三月，张邦昌在金人的一手安排下粉墨登场，做了傀儡皇帝。

金兵北归后，张邦昌自知无法服众，主动将宋朝传国玉玺、车驾以及其他御用物品进献给康王赵构，又请元祐皇后垂帘听政，自己以太宰身份退处资善堂。赵构称帝后，封张邦昌为太保、奉国军节度使、同安郡王，不久又提升为太傅。但是，待局势稳定后，赵构将张邦昌贬官，不久又将他赐死。据说，张邦昌接到赐死诏书后，还"徘徊退避，不忍自尽"，在执行官严令逼迫下，不得已登上潭州城内天宁寺的平楚楼，仰天长叹数声，自缢而亡。

【点评】卖国求荣者历来都受到天下人的唾弃，张邦昌为虎作伥，在金兵的扶持下一度当上傀儡皇帝，但最终众叛亲离，身败名裂，这就是民族败类的可耻结局。

（尚田　编稿）

苟利国家生死以，岂因祸福避趋之。
——［清］林则徐
好人往往被暗算，因为在人生的战场上，好人永远不会使用坏人最有力的武器——卑鄙。

——孔捷生

祸国殃民的秦桧

　　秦桧，字会之，政和五年（1115年）中进士，此后仕途一帆风顺。金军攻克汴京后，他和妻子王氏与徽宗、钦宗一起被掳走。在金国期间，他卖身投靠金太宗的弟弟挞懒，并逐渐成为他的亲信。建炎四年（1130年），秦桧和王氏随金军南下，在楚州遇到宋军时，他自称杀死监视他的金兵，夺船而归，但当时许多人怀疑他是金军故意放回来的奸细。

　　秦桧南归之后，向宋高宗赵构提出要想天下无事，就要"南人归南、北人归北"，承认金国对北方的统治。胆小如鼠、只求偏安的赵构听后大喜，认为秦桧的主张十分符合他的口味。此后他十分信任秦桧，不久升任他为宰相。秦桧从此专权长达17年。

　　秦桧担任宰相期间所做的祸国殃民的事情不计其数，其中最臭名昭著的就是奉行卖国投降的政策。在秦桧任宰相之前，南宋朝廷虽数次与金国谈判，但并未放弃防守。而不惜一切代价议和，是从秦桧开始的。经过几年周折，绍兴八年（1138年），南宋与金国终于达成和议，正式签约时，金使要求宋高宗跪拜接受金国诏书，赵构和秦桧不顾大臣和将领们的强烈反对，由秦桧到使馆，代赵构跪拜接受诏书，从此南宋对金国称臣纳贡。

　　绍兴十年，金军撕毁协议南侵，岳飞等爱国将士奋起反击并取得节

节胜利。岳家军的表现尤其出色，在击败金军主力、取得朱仙镇大捷后，岳飞率军逼近汴梁城，沦陷区百姓纷纷起义响应，金军则惶惶不可终日，宋军收复中原指日可待。在这样大好形势下，秦桧生怕岳家军取胜，危及自己的权势和身家性命，于是设计陷害岳飞。他先是唆使赵构连发12道金牌，强迫岳飞班师，使刚刚收复的大好河山再次沦于敌手；再是为了与金国和谈，鼓动赵构剥夺了岳飞、韩世忠等主战派将领的兵权。当金国的密使告知秦桧，杀岳飞才可以议和后，秦桧立即与同党诬陷岳飞谋反。岳飞被捕后坚贞不屈，主审此案的大理寺丞何铸原本是秦桧的同党，也被岳飞的凛然正气感动，认为他无罪，许多官员更是纷纷上奏章为岳飞申冤，但是在赵构的默许下，秦桧还是以"莫须有"（意思是"也许有"）的罪名杀害了岳飞。不久，南宋与金国签订"绍兴和议"，再次向金割地称臣。

宋高宗绍兴二十五年（1155年），恶贯满盈的秦桧病死于杭州。

【点评】历史是公正的审判官，秦桧专权卖国，祸国殃民，早有定论。数百年来，秦桧和他的妻子王氏及走狗张俊、万俟禼（Mòqí Xiè）等奸臣的铸像，就被反剪着双手跪在杭州西湖畔岳飞墓地的铁栅栏里。这就是历史做出的最公正的判决。

（尚田　编稿）

我们爱我们的民族，这是我们自信心的源泉。

——周恩来

没有祖国，就没有幸福。个人的幸福必须植根于祖国的土壤里。

——［俄国］屠格涅夫

阴谋叛国的噶尔丹

清朝康熙年间，发生了一场祸及西北地区各族人民的大规模民族叛乱，这场叛乱持续半个世纪才彻底平息。而这场不得人心、涂炭生灵的灾难始作俑者正是噶（gá）尔丹。

清初，西北蒙古各部先后都归顺了清朝，成为中华民族大家庭的一员。噶尔丹是厄鲁特蒙古准噶尔部的贵族，他早年在西藏为僧，拜五世达赖为师。1670年，准噶尔部首领僧格死后，噶尔丹便回到准噶尔，杀害了僧格的子嗣，自任为准噶尔汗，夺得了准噶尔部的统治权。之后，噶尔丹疯狂发动侵略，先后侵占了河套、青海地区，并出兵南疆，占领天山南北广大地区；同时，噶尔丹一反其父兄抗击外来侵略、捍卫民族主权的立场，坚持分裂主义，并逐渐走上与沙俄勾结、叛离祖国的道路。

17世纪末，正是沙皇俄国疯狂向外扩张的时期。1686年，沙俄政府在雅克萨战役中被我军民重挫后，不甘心失败，开始对噶尔丹进行拉拢利诱，挑唆准噶尔部搞分裂叛乱，以期达到侵占中国西北边疆的罪恶目的。1688年，沙皇派出特使在伊尔库茨克专门接见了噶尔丹的代表，许诺提供支持，阴谋策动噶尔丹叛乱。1690年，噶尔丹在沙俄的唆使和自身野心的驱使下，以追击喀尔喀部为名挥军南下，悍然发动了旨在分裂祖国的叛乱。清政府为了保卫边疆的安宁，在政治、军事和外交上与沙俄侵略者及叛乱分子展开了针锋相对的斗争，对噶尔丹的叛乱进行了坚决的征讨，先后发动了三次平叛战争。

1690年7月2日，清康熙帝御驾亲征，清军全线出击。8月1日，双方大战于乌兰布通（今内蒙古克什克腾旗境内）。清军大胜，噶尔丹向北溃逃，残部仅剩几千人。战败后，噶尔丹仍盘踞科布多地区，纠集残部，以期东山再起。他一面派人勾结沙俄，妄图获取更多的军事支持；一面煽动内蒙古各部族作乱，并杀害政府官员，骚扰边疆安宁。1695年5月，在沙俄的怂恿和支持下，噶尔丹率骑兵3万向东进犯，又一次点燃叛乱的战火。

1696年2月，清军再度出击，开始第二次平叛。5月13日，清军在昭莫多（今蒙古乌兰巴托以南的宗莫德）与噶尔丹叛军相遇，双方展开了激烈鏖战。经过浴血奋战，噶尔丹率残军大败而逃，清军取得平叛战争的决定性胜利。但噶尔丹负隅顽抗，拒不接受清政府的招抚，继续坚持分裂祖国的罪恶行径。

连年的战争，使各族人民生产生活秩序遭到严重破坏，各族人民流离失所，无不向往和平，渴望祖国统一。眼见噶尔丹穷途末路，各部贵族、百姓纷纷归顺清政府。清王朝抓住这一有利时机，于1697年2月采取第三次平叛军事行动，进剿噶尔丹残部。此时仅剩下五六百残部的噶尔丹，根本无力抵抗，平叛部队势如破竹，直逼叛军老巢科布多。

1697年3月，众叛亲离的噶尔丹在绝望中服毒自杀。

【点评】噶尔丹挑起分裂祖国的叛乱战争，违背各族人民的意愿和根本利益，必然遭到各族人民的强烈反对，注定要失败和灭亡。历史告诉我们，只有各族人民同心同德、维护祖国的完整统一，才能使人民安居乐业，祖国繁荣富强。

（章亮华　编稿）

临难毋苟免。

——《礼记》

人不仅为自己而生，而且也为祖国活着。

——［古希腊］柏拉图

卖国钦差琦善

　　琦善，博尔济吉特氏，满洲正黄旗人。1790年出生于一个世袭一等侯爵的贵族家庭。16岁就进入官场，一路官运亨通，倍受道光皇帝的宠信和倚重。

　　鸦片战争前，琦善反对黄爵滋重治吸食者的禁烟主张，是弛禁派的代表。虎门销烟后，林则徐为防范英国军舰窜犯沿海，多次咨请琦善等沿海督抚共同做好防范，但琦善置若罔闻，不做任何战守准备。1840年鸦片战争爆发，入侵的英军攻陷浙江定海后，于8月直逼天津大沽口，道光帝在英军炮火的恫吓和弛禁派的游说下，命直隶总督琦善接受英国公文进呈，在天津大沽口与英军进行谈判。当得知英军要上岸购买食物的时候，琦善马上派人送去鸡鸭牛羊及其他大批食品。在谈判过程中，英军交给琦善英国外交大臣巴麦尊致中国政府的照会，提出偿还烟价、割让一岛或数岛、索还商欠、赔偿军费等侵略条件，还要求惩办林则徐。琦善不仅转呈了照会，而且还向侵略者保证，一定要重重地处罚林则徐，为他们"代申冤抑"。之后，经过多次反复照会，英军同意返回广东继续谈判。9月，琦善被任命为钦差大臣赴广东谈判并查办林则徐。11月，到达广州的琦善接任两广总督，宣布专办对英交涉，奉旨勒查林则徐的"罪状"。接着拆

除了珠江口一切防务设施，遣散林则徐招募的水勇乡勇。谈判中，英方向琦善提出了割让香港、赔款等14项条件，并扬言如有一条不从，就重新开战，琦善只是怯懦地讨价还价，而不做任何防范准备，侵略者当然不会退让。于是限定开战的时间一到，英军马上进攻虎门的大沙角炮台，并很快就攻下。琦善只好答应英军的条件，这就是所谓的"穿鼻草约"。不过，因为牵涉到割让香港的问题，琦善不敢在文本上签字盖章，只是口头同意《穿鼻草约》的条款。英方可不管这些，他们单方面发表了有关条款，占领了香港。道光帝对琦善私自同意《穿鼻草约》十分生气，下令将他革职，锁拿回京，先判斩监候（死缓），后改为发配边疆。但时隔不久，琦善就被赦免。

1843年，琦善任驻藏大臣，后任四川总督。1853年被派为钦差大臣，率军镇压太平军，建立江北大营，在扬州屡战屡败。1854年秋病死于军中。

【点评】面对外国的侵略，我们应该奋起反击；面对无理的要求，我们应该据理力争。而钦差大臣琦善则是一味妥协退让，出卖国家的权益。正因为晚清有不少琦善这样的官员，才使得列强敢在中国的土地上为所欲为。

（肖文华　编稿）

必死则生，幸生则死。

——［战国］吴起

在我们看来，身亡并不是死，胆怯才
是真正的死。

——［古希腊］西摩尼得斯

临阵脱逃的方伯谦

方伯谦，1853年出生于福建省闽县。1867年考入福州船政学堂第一期，学习驾驶轮船。1871年毕业后，到"建威"号教练船上实习，随舰到过新加坡、槟榔屿及渤海湾、辽东半岛各口岸。1877年，公费派往英国格林尼治海军学校深造，1879年秋毕业后在英国军舰上实习，1880年4月回国。1884年，被任命为"威远"舰管带（舰长）。1885年调任新购买的巡洋舰"济远"号管带。

1894年朝鲜爆发东学党起义，朝鲜政府请求清政府派兵帮助镇压。清政府派"济远""广乙"等舰护送一艘装满清军的运兵船入朝。7月25日拂晓，完成护航任务的二舰返航。当他们开到丰岛海面时，日本"吉野""浪速""秋津洲"三舰不宣而战，发动突然袭击。"济远"号开始进行了还击，但在坚持了一个多小时后，方伯谦就下令转舵向西北方向逃跑，日舰"吉野"号从后追来，方伯谦下令挂白旗，后又令加挂日本海军旗，"吉野"号依然紧追不舍。这时，"济远"号水手王国成等自发使用尾炮，向"吉野"号连发四炮，命中三炮，"吉野"号这才停止了追击，"济远"号得以逃离战场。

9月15日，北洋水师主力军舰又护送五艘运兵船，运四千多清军去朝

鲜。17日，返航途中在黄海海面遭遇日本联合舰队，双方摆开阵势展开激战。北洋水师共十艘军舰参加作战，分为五队：第一队"定远""镇远"；第二队"致远""靖远"；第三队"经远""来远"；第四队"济远""广甲"；第五队"扬威""超勇"。开战后，方伯谦所率领的"济远"号无意作战，只想躲避炮火，还将舰上的大炮用巨锤砸坏，挂起"本舰重伤"的信号，准备伺机逃跑。战至下午3时，"致远"号被日舰鱼雷击中沉没，方伯谦害怕日舰掉转炮口轰击"济远"号，立即转舵逃跑，慌不择路间，竟将受伤的"扬威"舰撞沉。"广甲"号见"济远"号逃跑，也随之逃走。日本先锋队四舰转而围攻"经远"号，将其击沉。"济远"号于18日凌晨逃到旅顺，而舰队于早晨6时才返回。

黄海海战后，北洋水师提督丁汝昌向李鸿章报告说，"济远"号首先逃跑，将队伍牵乱，"广甲"号随后逃跑，如果不严厉处置，以后舰队难以振作。李鸿章根据丁汝昌的报告上奏朝廷说，"致远"号被击沉后，方伯谦随即逃走，实属临战退缩，应请旨将其执行正法，以肃军纪。"广甲"号管带也随"济远"号逃跑，建议革职留用。22日清政府下令将方伯谦撤职，派人看管起来，等候处理。23日，军机处电告李鸿章谕旨将方伯谦就地正法。24日凌晨5时，方伯谦在旅顺被斩首。

【点评】作为将士，理应为保卫祖国而不惜战死沙场。然而，方伯谦却临阵胆怯，一逃再逃，致使整个战局受到牵制，最终失败。这种贪生怕死之徒，最终只能落得个被处以极刑的下场。

（肖文华　编稿）

夺天下之公利，徇一己之私利，是谓国贼。

——［明末清初］黄宗羲

敢有帝制自为者，天下共击之。

——孙中山

窃国大盗袁世凯

　　袁世凯，1859年出生于河南省项城一个官僚大家族。从小接受封建传统教育，两次参加科举考试均落榜，开始弃文从武，踏上仕途。甲午一战，清军大败，朝野震动，清廷决定建立新军。1895年12月，清廷委袁世凯以重任，命他赴天津小站编练新式陆军。1905年练成了北洋常备军六镇，成为他的政治资本，从此他青云直上。1909年清政府以袁世凯有足疾为名，勒令其回原籍养病。

　　1911年10月武昌起义爆发后，全国各地纷纷响应，清王朝统治岌岌可危，清政府被迫重新起用袁世凯为湖广总督，又任命他为内阁总理大臣，希望他能带领北洋军镇压革命党人。但袁世凯明白腐败的清政府已经支撑不了多久了，因此他一方面对革命党人进行武力镇压，另一方面又向革命党人提出议和。革命党人接受了议和，双方停战。与此同时，独立的各省派代表在南京召开会议，商议成立中华民国临时政府，选举刚刚回国的孙中山为临时大总统。1912年1月1日，孙中山宣誓就职，南京临时政府成立。但这个刚成立的革命政权面临着极大的压力，一是帝国主义各国采取军事威胁、外交孤立和经济封锁等手段，对革命政权施加压力。二是革命政权中的立宪派和旧官僚，也乘机向革命派进攻。在这种状况下，孙中

山被迫对袁世凯妥协退让，表示如果清帝退位，袁世凯赞成共和，可以保举袁世凯为临时大总统。袁世凯得到孙中山的保证以后，加紧逼迫清帝退位。1912年2月12日，宣统帝正式下诏退位，统治中国260多年的清王朝结束了。清帝退位的第二天，袁世凯通电声明赞成共和。接着，南京临时参议院选举袁世凯为临时大总统。1912年3月，袁世凯在北京就任中华民国临时大总统，窃取了辛亥革命的胜利果实。

1913年，袁世凯强迫国会选举他为正式大总统。当上总统的袁世凯并不满足，竟想违背历史潮流，复辟帝制。为了达到称帝的目的，他不惜出卖国家权益，1915年接受了日本灭亡中国的"二十一条"。这年年底，袁世凯宣布称帝，改中华民国为中华帝国。

得到复辟消息的蔡锷等人在云南发起讨袁的护国战争，贵州、广西、广东、浙江等省纷纷响应。1916年3月22日，袁世凯被迫宣布取消帝制，仍称大总统。6月6日，在举国上下一片责骂声中，做了83天皇帝的袁世凯忧病而死。"匹夫创共和，孙中山不愧中华先觉；总统做皇帝，袁项城真乃民国罪人。"时人作的这副对联真实地勾勒了袁世凯这个窃国大盗的真实面目。

【点评】为了满足个人的权力欲望，袁世凯千方百计地窃夺辛亥革命的胜利成果，并将这成果一再践踏，变共和国为帝国，还不惜出卖国家的主权，极大地危害了祖国和人民的利益。

（肖文华　编稿）

祖国如有难，汝应作前锋。

——陈毅

谁不属于自己的祖国，那么他就不属于人类。

——［俄国］别林斯基

媚日求荣的曹汝霖

　　曹汝霖，1877年出生于上海，幼年入私塾接受传统教育，后到汉阳铁路学堂读书。1900年赴日本留学，主张中国应该实行君主立宪制。1904年回国，在商务部商务司任职，后调入外务部。辛亥革命后，袁世凯窃取了中华民国大总统的职位，1913年指派曹汝霖为第一届参议院议员，同年8月任外交部次长。

　　曹汝霖在北洋政府负责外交工作后，成为十足的媚日求荣的卖国贼。1914年，日本乘第一次世界大战之机，派兵侵占我国山东胶济铁路。面对日本侵略者的猖狂行径，曹汝霖竟发表声明：胶济铁路将不转让给日本以外的第三国。1915年他参与了旨在灭亡中国的"二十一条"的谈判，多次私访日本公使，密议成交条件，起草有关文件。

　　1919年，中国以战胜国的身份出席了"巴黎和会"。会上，中方要求归还在第一次世界大战期间被日本夺去的德国在我国山东占有的各种权利，但列强们竟把战前德国在山东的权益由日本继承的条文，写入对德和约。消息传来，全国舆论大哗，爱国者一致反对。但曹汝霖却坚持媚日卖国的立场，向当时的大总统徐世昌进言："决不可失日本之欢心，必须顺从其意。"在国务会议上，还公开为日本侵略者辩护，说"独索日本之青

岛，甚非公平之道"。1919年5月4日下午，北京学生三千多人集合于天安门前高呼"外争国权，内惩国贼""拒绝在和约上签字"等口号，要求惩办亲日卖国贼曹汝霖、陆宗舆、章宗祥三人，并冲入曹宅，放火焚毁其房屋。在全国人民爱国斗争的压力下，北京政府不得不于6月10日下令罢免三人，并拒绝在和约上签字。

此后，曹汝霖就消失在政治舞台上。但到了抗日战争时期，他又担任了汉奸组织华北临时政府最高顾问和伪华北政务委员会咨询委员。1949年去台湾，1966年8月死于美国底特律。

【点评】像曹汝霖这样的民族败类，为实现其政治野心，利用他们所窃取的权力为虎作伥，卖国求荣，对国家和民族犯下滔天罪行，他们将永远被钉在历史的耻辱柱上。

（肖文华　编稿）

小恶不容于乡，大恶不容于国。

——［北宋］苏轼

爱国主义就是千百年来固定下来的对自己的祖国的一种最深厚的感情。

——［苏联］列宁

大汉奸汪精卫

汪精卫，原名汪兆铭，广东番禺人。精卫是他的笔名。早年曾参加同盟会，青年时期追随孙中山参加了反清斗争，曾经冒死刺杀清朝摄政王。九一八事变后，出任南京国民政府行政院院长。

然而面对日本的侵略进攻，汪精卫逐渐丧失了以往的革命热情和斗志，认为中国武器不如日本先进，国力不如日本强大，抵抗只有失败。他的这种亡国言论一出，立刻招来骂声一片，不久被一名抗日军人连击三枪打成重伤。1938年12月19日，汪精卫在越南河内发表叛国通电，称日本"对于中国无领土之要求"，公开为日本侵略者辩护，劝诱国民党政府与日本侵略者妥协求和。

汪精卫集团叛国投日的行径，激起了全国人民的无比愤怒。他被国民党永远开除党籍，撤销一切职务，并再次遭到反日人士的追杀。可悲的是，他仍然不思悔改。1940年3月30日，在日军刺刀的护卫下，以汪精卫为首的伪政权——"国民政府"成立，汪精卫出任伪"行政院长"兼"国府主席""中央政治委员会最高国防会议主席"。

至此，汪伪政权完全成为日寇侵略中国的工具，死心塌地为日本侵略者效劳。它以"和平、反共、建国"为口号，破坏抗战，组织伪军配合日

寇进攻国共两党的抗日军队，对敌后抗日根据地进行残酷的"扫荡"，对沦陷区实行罪恶的"清乡"，给中国人民及抗日事业造成了无尽的灾难；与日寇签订了卖国密约《日汪协定》《中日基本关系条约》，这两个卖国的条约，把中国的主权从北方到南方、从高山到海洋、从空中到地下，全部拱手送给了日本帝国主义，试图完全把中国变为日本的殖民地，对中国人民犯下了滔天罪行。

1944年11月，汪精卫因旧伤复发致骨癌不治，在日本病死。

【点评】在国难当头、民族危亡的关键时刻，汪精卫竟冒天下之大不韪，公然叛国投敌，死心塌地当日寇的走狗，为日本灭亡中国作伥效命，是十足的寡廉鲜耻、出卖祖宗、出卖灵魂的大汉奸。

（吴小卫　编稿）

多行不义必自毙。

——《左传》

不要问你的祖国能为你做什么；要问
你能为你的祖国做什么。

——［美国］肯尼迪

恐怖组织头目艾山

艾山·买合苏木，维吾尔族，1964年出生，新疆喀什地区疏勒县阿拉甫乡人，恐怖组织"东突厥斯坦伊斯兰运动"头目。

"东突厥斯坦伊斯兰运动"是被国际上认定的"最暴力化的组织"。2002年9月11日，联合国安理会正式将这个组织和艾山，列入恐怖组织和个人名单。"东突厥斯坦伊斯兰运动"的宗旨就是要通过恐怖主义活动分裂中国，宣称以武力方式解决新疆问题，建立"哈里发"国家政权。

艾山·买合苏木和由他牵头的"东突厥斯坦伊斯兰运动"制造了多起暴力恐怖事件，血债累累。

1990年，艾山·买合苏木等暴徒蒙蔽、煽动部分不明真相的群众，围攻巴仁乡政府，残酷杀害六名执行任务的武警官兵，制造了"巴仁乡暴乱"。之后，艾山·买合苏木被劳动教养三年，解除劳动教养后逃到境外。自1997年以来，他在阿富汗恐怖训练营地训练恐怖分子，为在新疆地区制造大规模的爆炸、暗杀活动做准备。仅1999年就在新疆策划制造了"2·4"乌鲁木齐抢劫杀人案、"6·18"和县枪杀民警案、"12·14"墨玉县暴力恐怖杀人案等，在集贸市场、公共汽车、饭店、商场等人员集中处，制造了一系列针对无辜平民、震惊中外的暴力恐怖案件，给人民群众生命财产造成了重大损失。为了破坏民族团结，"东突厥斯坦伊斯兰运动"不但把矛头对准汉族群众，也对准维吾尔族干部群众和爱国宗教人士，把他们当作"异教徒"杀害。

2003年10月2日，在巴基斯坦、阿富汗边境的一次反恐联合行动中，艾山·买合苏木被巴基斯坦军队击毙。

【点评】"东突厥斯坦伊斯兰运动"组织、策划、制造了一系列暴力恐怖事件，严重危害了人民群众的生命财产安全，危害了祖国的完整统一。对恐怖组织这一国际公害，必须严厉打击，斩草除根。

（吴小卫　编稿）

墨写的谎言，掩盖不了血淋淋的事实。

——鲁迅

可以抛弃所有的荣誉，但不能舍弃一点
国家的利益。

——［英国］黎里

图谋"藏独"的达赖

2008年3月14日下午，一群不法暴徒在西藏自治区首府拉萨市区的主要路段实施打砸抢烧，焚烧过往车辆，追打过路群众，冲击商场、电信营业网点和政府机关，给当地人民群众生命财产造成重大损失，使当地社会秩序受到了严重破坏。事后查明，这天，不法分子纵火300余处，拉萨908户商铺、7所学校、120间民房、5座医院受损，砸毁金融网点10个，至少20处建筑物被烧成废墟，84辆汽车被毁。有18名无辜群众被烧死或砍死，受伤群众达382人，其中重伤58人。拉萨市直接财产损失达24468.789万元。有充分证据证明，这起事件是由达赖集团和境内外"藏独"分裂势力相互勾结精心策划、煽动制造的，也充分暴露了达赖打着宗教幌子，从事分裂祖国活动的险恶用心。

第14世达赖喇嘛丹增嘉措，原名拉木登珠。1935年7月出生于青海祁家川当采村，父母都是普通藏族农民。1938年，3岁的拉木登珠被西藏政府认定为第13世达赖喇嘛的转世灵童，并于1940年在拉萨举行了坐床典礼，继位为第14世达赖喇嘛。1950年11月17日，年仅15岁的达赖喇嘛开始亲政，成为西藏政教合一的封建农奴制度的领袖。

1951年，中央人民政府与西藏地方政府签订了和平解放协议，达赖喇嘛致电毛泽东主席，公开表示拥护并执行协议。党和政府给予了达赖极大

的关心和隆重的礼遇。1954年秋，达赖喇嘛在北京召开的第一届全国人民代表大会上当选为人大常委会副委员长，这是历史上西藏地方政权的执政者在中央政府中担任的最高职务。1956年，达赖喇嘛还被推选担任西藏自治区筹备委员会的主任委员。

然而，达赖喇嘛并没有珍惜党和政府给他的荣誉、人民对他的信任，在背离祖国的道路上越走越远。1956年冬，达赖喇嘛应邀到印度参加释迦牟尼涅槃2500年纪念活动。期间，达赖受流亡印度的西藏前官员的煽动，对返回西藏犹豫不决，滞留印度达3个月之久。所幸，当时正在印度访问的周恩来总理三次与他恳切交谈，力劝达赖回国，还接见了他的五名主要随行官员及两个哥哥。达赖喇嘛最终被中央政府的决心和周恩来总理的诚意所打动，返回了拉萨。但是，他在身边"藏独"分子和国际反华势力的蛊惑下，政治主张一直处于摇摆不定状态，从对"藏独"分裂分子放任自流逐步发展到同流合污。1959年3月，达赖喇嘛及其追随者撕毁《十七条协议》，在拉萨发动了武装叛乱。叛乱被挫败后，仓皇逃往印度，并纠集西藏分裂主义分子在印度成立所谓"西藏临时政府"，宣布"西藏独立"。自此，达赖完全背离了自己的承诺，走上了"藏独"的不归路。

达赖喇嘛流亡海外五十多年来，一直不遗余力地进行分裂祖国的罪恶活动。他一方面利用"宗教领袖"的头衔，散布种种谎言，欺骗国际舆论；一方面大肆勾结国内外反华势力，组织策划破坏活动，无耻地充当着西方反华势力的工具。达赖集团还利用北京举办奥运会的契机，制造了一系列暴力事端，企图将奥运政治化。达赖集团的恶劣行径，不但伤害了各族人民的感情，损害了中华民族的良好形象，而且也是对全世界爱好和平人士的亵渎，其分裂祖国的行径昭然若揭。

【点评】佛法说："以慈悲为怀，以利他为本，以弃恶为宗，对上护持国度，对下利民度众。"然而，披着宗教外衣的达赖及其追随者，却企图分裂祖国，恢复其野蛮残暴的封建农奴制度，其罪恶行径，严重违背了佛教基本教义和戒律，充分暴露了他们在宗教上的虚伪性。

（章亮华　编稿）

那些背弃祖国、投奔异邦的人，既不受异邦人尊敬，又为同胞所唾弃。
———［古希腊］伊索

虚荣的人注视着自己的名字，光荣的人注视着祖国的事业。
———［古巴］何塞·马蒂

叛国奸贼李完用

李完用，字敬德，号一堂，1856年生于京畿道，是韩国李氏王朝末年的政治人物。1896年，李完用因成功让高宗前往俄国使馆、瓦解亲日政权而备受亲美派与亲俄派的重视，之后出任外务大臣，后转任学务大臣。

日俄战争后，日本获得胜利，李完用摇身一变，成了亲日派的头子。他与朴齐纯、朴重显、李根泽和李址镕五人代表韩国政府与日本签订了第二次《日韩协约》。根据该条约，日本在韩国设立了统监，派伊藤博文担任该职，独掌韩国朝政大权。而韩国也彻底变成了日本的保护国和日本控制下的傀儡国家。李完用等人被称为"乙巳五贼"。1907年，在李完用、高永喜等七名韩国"亲日领袖"的大力帮助下，日本同韩国政府签订了第三次《日韩协约》。日本恢复了韩国的内阁制，让李完用出任内阁总理大臣。1907年6月的一天，第二届万国和平会议正在荷兰海牙举行，朝鲜皇帝的密使李俊在慷慨激昂地痛斥日本践踏朝鲜主权的罪行后切腹自尽。事后，李完用联合另一亲日官员宋秉畯要求高宗退位。从此，日本完全接管了韩国一切军政大权，韩国政府已经名存实亡。1910年8月16日，日本认为吞并朝鲜时机已到，由寺内正毅召集亲日分子李完用、赵重应到其办公

室，讨论"日韩合并"具体方案。两天后，李完用作为朝鲜总理大臣向自己的政府提交了这份断送国家命运的方案。22日，汉城的日本军队、宪兵、警察全部出动，全城戒备森严。下午1时，李完用召开御前会议，说明与统监府交涉的经过，强调"韩日合邦"不可避免，并宣称全体大臣一致赞成合邦。下午4时，李完用到统监府，提交了纯宗皇帝授予签约的委任状。李完用和寺内正毅在《日韩合并条约》上正式签字。至此，由李成桂建立的朝鲜李氏王朝，在延续519年、传王27代以后宣告终结，王朝与国家同时灭亡。

日韩合并后，李完用被日本封为伯爵，后来又被封为侯爵。1926年，李完用死去。二战后，韩国政府不断对亲日韩奸进行清算。2007年5月2日，直属韩国总统的亲日反民族行为者财产调查委员会召开第18次全体委员会，在9名委员全部赞成后做出决定：将李完用等9名韩奸拥有的7.71万坪土地收归国家所有。

【点评】一个国家在唾弃卖国求荣、认贼作父的民族败类的同时，更应该牢记这段屈辱的历史。只有这样，才能警醒后人，开创未来。

（戴小宝　编稿）

宁做流浪汉，不做亡国奴。

——丰子恺

那些背叛同胞的人，常常不知不觉地
把自己也一起毁灭了。

——［古希腊］伊索

追随纳粹的赖伐尔

彼埃尔·赖伐尔，1883年6月出生于法国多纳姆省。青年时攻读法律，成为律师。1903年加入法国社会党，以工会法律顾问的身份为工人辩护，屡屡获胜，声名大振。1919年赖伐尔当选法国众议员，步入政坛。从1925年到1936年，赖伐尔历任法国的司法部长、外交部长等职，并两次出任总理。

赖伐尔当政期间，德、意法西斯迅速崛起，对法国构成极大威胁，但他却推行一套亲德、意的政策。1934年，在"全民投票"的幌子下，赖伐尔拱手将萨尔区让给了希特勒。1935年1月，赖伐尔飞到罗马，与墨索里尼四次会谈，签署《法意协定》，支持意大利侵略埃塞俄比亚；1935年10月，意大利发动侵埃战争，赖伐尔又同英国外相霍尔一起炮制《赖伐尔—霍尔条约》，逼迫埃及割让15万平方公里的土地给意大利，明目张胆地牺牲友邻国家，纵容法西斯侵略。赖伐尔的亲法西斯政策，引起国内不满。1936年，赖伐尔下台。此后四年，赋闲在家。

1940年6月，德军占领巴黎，随即在维希成立傀儡政府。7月，赖伐尔被任命为维希政权的副总理兼外交部长。不久，希特勒召见赖伐尔，赖伐尔受宠若惊，恭顺地表示"愿意合作"，"希望英国战败"。12月，赖

伐尔加入法西斯组织"巴黎中心"，成为纳粹党徒，更加受到希特勒青睐。1942年4月，赖伐尔出任维希政权总理兼内政、外交和情报部长，大权独揽，死心塌地为法西斯效劳。为了支持德国的侵略战争，赖伐尔于1943年颁布"强制劳动制"法令，将65万22岁左右的法国青年送到德国服劳役做苦工。法国生产的飞机、卡车、蒸汽机车和铁矿石等也源源不断运抵德国。身为法国人，赖伐尔却公开发表广播演说："我祝愿德国获得胜利……"一副十足的卖国贼的丑恶嘴脸。

1945年，德国法西斯战败投降。8月，赖伐尔被捕。10月，巴黎高等法院以叛国罪判处他死刑。10月15日，赖伐尔被处决于弗雷内监狱，结束了其可耻的一生。

【点评】赖伐尔由推行亲德政策而堕落为法奸卖国贼，下场可悲。祖国利益，民族气节，此乃做人的道德底线，是为"大节"。大节不保，何以为人！

（张德敬　编稿）

以服务人民为荣
以背离人民为耻

YI FUWU RENMIN WEI RONG
YI BEILI RENMIN WEI CHI

毛泽东同志曾形象生动地讲述过党和人民之间的关系："我们共产党人好比种子，人民好比土地。我们到了一个地方，就要同那里的人民结合起来，在人民中间生根、开花。"这看似通俗的语言，却告诉了我们一个真理：人民大众是社会的最根本力量，只有情系人民，服务人民，才会取得成功；否则，就成了无源之水，无本之木。

人民群众是社会的主体，是历史的创造者，人民大众的利益代表了社会的根本利益，任何背离人民的活动都是违背历史发展规律而无法得逞的。"水能载舟，亦能覆舟。"夏朝的桀、商朝的纣、东汉的董卓等人，因欺压人民、残害百姓而失民心、失天下的事例，足以证明，人民才是历史的真正主人。

中华民族历来崇敬心忧天下、心系百姓的爱国、爱民之士，范仲淹"先天下之忧而忧，后天下之乐而乐"的心胸和肝胆，千古传颂；鲁迅先生"横眉冷对千夫指，俯首甘为孺子牛"的情怀和气概，世人称赞。那些逆历史潮流而动，违背人民意愿和利益的人，如张勋、蒋介石之流，必将沦为千夫所指的可悲下场；那些经不起糖衣炮弹的诱惑，丧失了崇高的理想信念，背弃了为人民服务宗旨的人，如成克杰、郑筱萸之流，必将被人民所抛弃，为历史所淘汰。事实充分说明，忘记人民是背叛，背离人民是耻辱。

雷锋同志曾说过："一滴水只有放进大海里才永远不会干涸，一个人只有当他把自己和集体的事业融合在一起的时候才能最有力量。"我们只有把自己投入到全心全意为人民服务的事业中去，才能真正实现自我价值。

（钟贞山　编稿）

虐人害物即豺狼。

———［唐］白居易

人不能像禽兽那样活着。

———［意大利］但丁

肆虐无道的夏桀

　　桀，夏朝第16任君主，也是夏朝的亡国之君。

　　夏代后期，由于内政不修，外患不断，国力日趋衰弱。夏桀虽文武双全，智力过人，但他面临危机四伏的局势，不思改革，骄奢自恣。在执政期间，穷奢极欲，独断专行，肆虐百姓，穷兵黩武。他喜欢美女，后宫置满美女犹嫌不足，还用尽一切办法搜寻新欢，藏于后宫。为讨后宫欢心，他挥金如土，大兴土木，花了七年时间在都城建造楼台亭榭。夏桀宠爱妹喜，日夜与妹喜饮酒作乐。据传酒池修造得很大，可以航船，醉而溺死的事情时常发生，荒唐无稽之事，常使妹喜欢笑不已。他端坐后宫内，一面饮酒，一面观看3000美女跳舞，夜以继日，常年不止。他听腻了音乐，又令人每天进献100匹帛，叫宫女们撕裂帛以当音乐听。桀对饮食十分考究，爱吃山珍海味，平素所食必须是西北产的蔬菜，东海捕的鲸鱼；调味的作料是南姜北盐，并有成千上万人为他种菜、捕鱼、运输、烹饪。真是倾尽了百姓的血汗，致使民众的生活十分困苦，每年的收成难得温饱，每遇天灾则妻离子散、流离失所。

　　夏桀的倒行逆施，终于引起百姓的不满，百姓愤怒地借太阳骂他："你这个太阳为什么不快点灭亡？我们宁愿与你同归于尽！"有个叫关龙逢的臣子，听到百姓愤怒的声音，劝告夏桀不要过于奢侈，否则会丧失人

心，有灭亡的危险。夏桀听后勃然大怒，把他杀了。他还蛮横地对大臣们说："天上有太阳，太阳会灭亡吗？除非太阳灭亡了，否则我永远不会灭亡。"大臣们知道他残暴成性，都不敢再劝说了。

就在这时，黄河下游的夷人部落——商，顺应天下民心，在其首领商汤的率领下，揭起了反夏的大旗，诸侯和四方部落群起响应。久居暴政下的百姓，更是如鱼盼水，翘首盼望商军的到来。所以商汤的军队所向披靡，如入无人之境。最后夏桀战败，被商汤俘虏，流放到南巢（今安徽巢县），不久就死在那里。这个自称是太阳的夏桀最终灭亡了。

【点评】即使是太阳，也不会是永恒的，何况是人。穷奢极欲、独断专行、肆虐百姓、穷兵黩武、暴虐无道的夏桀尽管希望自己是不灭的太阳，但与人民利益背道而驰的唯一下场只能是加速灭亡。

（晏国彬　编稿）

如果幸福在于肉体的快感，那么就应当说，牛找到草料吃的时候是幸福的。

——［古希腊］赫拉克利特

人只有献身社会，才能找出那实际上是短暂而有风险的生命的意义。

——［美国］爱因斯坦

鱼肉百姓的商纣王

纣王帝辛名受，商朝第30任君主，在位达52年之久，也是商朝的亡国之君。

纣王自小天资聪颖，办事利落，而且力气超人，能空手与野兽搏斗。即位后，纣王贪图享乐，喜好喝酒，沉迷于女色，常常彻夜嗜酒寻欢。他尤其宠爱妲己，只听从妲己的话，对大臣们的话置若罔闻。妲己既漂亮又狠毒，整日缠着纣王变着法子玩乐。

为了讨妲己的欢心，他下令从各地收集各种奇珍异宝，不断扩建宫廷的园林楼台。他在宫廷里举行各种大型宴会，表演各种音乐、舞蹈、游戏。他让人挖了许多大池子，用酒灌满池子，供数千人狂饮不止；又让人把熟肉悬挂起来，看上去像树林一样，可随手摘取食用，这就是传说的"酒池肉林"。为满足自己的淫乐，纣王让成群的男男女女赤身露体在"酒池肉林"中追逐戏耍，彻夜狂欢。后来人们常用"酒池肉林"来形容君主生活的荒淫无耻。

面对纣王的荒淫无度，很多大臣都埋怨责备他，甚至背叛了他。纣王于是加重刑罚，反对他的人，甚至向他提出劝谏的亲信臣僚，都被施以重刑，轻者终身残疾，重者全家丧命。他设置了一种名叫"炮烙"的酷刑，用青铜铸造一根中间镂空的柱子，让"罪人"赤脚走在烧红的铜柱子上，走不过去的就掉在下面的火堆里被活活烧死。

大臣九侯有一个美丽的女儿，九侯把她献给了纣王。后来九侯的女儿看不惯纣王的荒淫无耻，纣王一怒之下杀了她，并把九侯也杀了，然后剁成肉酱，分赏给诸侯们吃。大臣鄂侯劝阻，也被做成了肉干。没有了大臣的劝谏，纣王更加淫乱。纣王的叔父比干实在看不下去，冒死劝谏，并说："做大臣的，如果不能冒死劝谏国君，那还算什么忠臣。"纣王大怒说："你这样做是想当圣人吧？我听说圣人的心脏有七个孔穴，我看看你有没有。"说罢下令剖开比干的胸膛，取出心脏来观看。

纣王的荒淫残暴致使商朝国势日益衰落，激起越来越多诸侯的不满。属国周日益强盛，在牧野（今河南省淇县以南）之战中击溃商军，纣王被迫投火自焚而死。纣王自取灭亡，周朝正式取代商朝。

【点评】作为一个执政者，商纣王穷奢极欲，鱼肉百姓，暴虐专制，朝纲不整，最终逃脱不了玩火自焚、丧权亡国的结局。历史再一次证明：水能载舟，亦能覆舟。只有心系人民、心忧天下，才能得到人民的拥护和爱戴。

（晏国彬　编稿）

善气迎人，亲如弟兄；恶气迎人，害于兵戈。

——［春秋］管仲

那种只知自爱，却不知爱人的人，最终总是没有好结局的。

——［英国］培根

凶恶残暴的董卓

董卓，字仲颖，陕西临洮人。他出生于地方豪强家庭，自小养尊处优，放纵任性，粗野凶狠。

东汉末期，董卓因战功显赫，官职不断升迁，势力日趋壮大，并拥兵自重，屯兵于河东。189年4月，汉少帝继位。袁术领兵进入洛阳，企图擅权，少帝出逃。野心勃勃的董卓见有机可乘，率兵将少帝奉迎回洛阳，开始干预中央政权。手握兵权的董卓有恃无恐，为所欲为。他宣布废掉少帝，另立刘协为献帝，挟天子以令诸侯。次年，又胁迫献帝迁都长安。此后，朝政完全受制于董卓。

董卓恣意玩弄权术，采取各种手段打击和陷害一切于己不利的势力和集团。他迫使袁绍和曹操逃离洛阳，以"莫须有"的罪名杀害张温。主要竞争对手和朝中忠义之臣，都被他逼迫出逃或铲除消灭。

董卓残忍凶横，滥杀无辜。一次酒宴中，他突然以助酒兴为名，将几百名俘虏当场处死。他命令士兵剪掉俘虏的舌头，斩断手脚，挖掉眼睛，惨不忍睹。整个宴席顿时变成了肃杀的刑场，宾客们手中的筷子都被吓得抖落在地，而他却若无其事，仍然狂饮自如，洋洋得意。另有一次，他把

俘虏来的数百名起义士兵先用布条缠绑全身，头朝下倒立，然后浇上油膏，点火活活将他们烧死，可谓残忍至极。迁都长安时，他为了防止百姓逃回故都洛阳，将整个洛阳城以及附近200里内的宫殿、宗庙、府库全部点火烧毁。昔日兴盛繁华的洛阳城，瞬间变成一片废墟。

为了聚敛财富，董卓大量毁坏通行的五铢钱，新铸小钱。粗制滥造的小钱流通导致了货币贬值，物价猛涨，百姓苦不堪言。而他却利用搜刮来的钱财，整日歌舞升平，寻欢作乐，生活荒淫无度。

董卓的倒行逆施激起了百姓的愤怒与反抗。"千里草，何青青；十里卜，不得生。"这是当时广泛流传的一首民谣。歌词中"千里草""十里卜"合起来是董卓的名字，"何青青""不得生"则深刻地表达了当时广大百姓对误国权臣董卓的极度痛恨，都希望他早日死去。

192年4月，司徒王允、董卓的亲信吕布诛杀董卓，并灭其三族。

【点评】董卓一生狼戾贼忍，暴虐不仁。为达到目的，不择手段玩弄权术，破坏经济，残害人民。他的倒行逆施，造成了东汉末年政局的极度混乱，给国家和社会的稳定带来了巨大的破坏，最终遭到被杀的可悲下场。

（晏国彬　编稿）

人必自侮，然后人侮之。

——［战国］孟子

世界潮流，浩浩荡荡，顺之则昌，逆之则亡。

——孙中山

倒行逆施的"辫帅"张勋

张勋，1854年出生，江西奉新县赤田村人，原是清朝的江南提督，统率江防营驻扎南京。辛亥革命爆发后，革命军进攻南京，张勋负隅顽抗，战败后率溃兵据守徐州、兖州一带，继续与革命为敌。中华民国成立后，他和他的队伍顽固地留着发辫，表示仍然效忠于清廷，人们称这个怪模怪样的军阀为"辫帅"，他的队伍被称为"辫军"。

1916年袁世凯称帝败亡后，黎元洪当上大总统，实权却掌握在国务院总理段祺瑞手中。之后，为了争夺北京政权，黎的总统府与段的国务院发生了旷日持久的"府院之争"。1917年5月下旬，当黎、段因解散国会问题争执不下时，段祺瑞策划武力推翻黎元洪并解散国会，黎元洪得到消息后，先下令免去段祺瑞的国务院总理职务，然后召张勋入京调解。一直效忠于清廷的张勋便想借这个机会推翻共和，恢复帝制，于是带领3000人的军队在6月14日开进北京，30日晚进入清宫，召开"御前会议"，决定恢复清帝国。

1917年7月1日凌晨1时，张勋穿上蓝纱袍、黄马褂，戴上红顶花翎，率领康有为等五十余人，乘车进宫，向溥仪行三拜九叩大礼。接着，由张勋奏请复辟，说："隆裕皇太后不忍为了一姓尊荣，让百姓遭殃，才下诏

办了共和，谁知办得民不聊生。共和不合咱的国情，只有皇上复位，万民才能得救。"溥仪说："我年龄太小，无才无德，当不了如此大任。"张勋说："皇上睿圣，天下皆知，过去圣祖皇帝也是幼年登基。"12岁的溥仪说："既然如此，我就勉为其难吧！"同日，溥仪发布"即位诏"，宣告亲临朝政，收回大权。他公布九项施政方针，一连下了八道"上谕"，大举封官授爵，恢复清朝旧制。参加复辟的重要分子，均被授以要职，康有为任弼德院副院长，张勋为政务部长兼议政大臣，并被封为忠勇新王。张勋还通电各省，宣布已"奏请皇上复辟"，要求各省应即"遵用正朔，悬挂龙旗"。

复辟消息传出后，立即遭到全国人民的反对。孙中山在上海发表《讨逆宣言》，段祺瑞在日本帝国主义的支持下，组成讨逆军，"辫军"一触即溃，张勋在德国人保护下逃入荷兰使馆，溥仪再次宣布退位。复辟丑剧仅仅上演了12天，就在万人唾骂声中草草收场。

【点评】1911年的辛亥革命推翻了2000多年的封建帝制，从此民主共和观念深入人心，任何复辟帝制的行为都是背离人民意愿的。袁世凯的皇帝梦只做了83天就一命呜呼了，虽有前车之鉴，但一味逆潮流而动的"辫帅"张勋，却仍要上演复辟丑剧，结果仅仅维持了12天就草草收场了。

（肖文华　编稿）

刑法不道，众民不能顺；举措不当，众民不能成。

——［春秋］管子

莫道神鬼莫测，岂知天理难容。

——［明］凌濛初

刽子手戴笠

戴笠，浙江江山人。原名春风，字雨农。1930年他发起建立了国民党第一个特务组织调查通讯小组。1932年3月，蒋介石为加强特务统治，在南京秘密成立"中华复兴社"（又名"蓝衣社"），他被任命为特务处处长。 1938年特务处扩大为军事委员会调查统计局（简称军统），任副局长。1943年，兼任国民政府财政部缉私总署署长，不久又兼任财政部战时货物运输管理局局长。他在蒋介石身边从事特务工作18年，深得蒋介石的信任。 1945年被选为国民党第六届中央执行委员。

戴笠的主要活动就是反共和为蒋介石排除异己。1933年6月在上海布置暗杀著名的国民党"左派"人士杨杏佛，就是他出任特务处处长以后，精心策划放的第一枪。

杨杏佛是中国民权保障同盟执行委员兼总干事，主持民盟的日常工作。在九一八事变和"一·二八"事变之后，1933年初杨杏佛曾赴华北呼吁全国统一抗日。4月5日，杨杏佛陪同宋庆龄赴南京，要求国民党政府立即释放被关押的省港大罢工领导人罗登贤和一切政治犯，两人还以"中央委员"的名义要求蒋介石停止内战，国共合作，一致抗日。这触动了蒋介石政治神经中最为敏感的部分，蒋介石于是决定除掉杨杏佛，戴笠奉命行

事。6月18日杨杏佛准备带着儿子出门，车子刚驶出家门口，四个持枪大汉对着汽车四角射击，杨杏佛顿时倒在了血泊之中。此后，由戴笠一手策划的对共产党和进步人士的绑架、暗杀等恐怖血腥事件不断发生。1933年11月捕杀察绥民众抗日同盟军第二军军长、共产党员吉鸿昌。1934年将上海《申报》主编史量才刺杀于沪杭道上。

在为蒋介石排除异己方面，戴笠也是竭尽全力的。1936年6月，广东军阀、"华南王"陈济棠联合广西军阀直接挑战蒋介石政府。戴笠亲自前往南方镇压。他携巨款南下，一方面找人与陈济棠的空军司令黄光锐拉上关系，威逼利诱黄光锐。戴笠向黄光锐给出的条件是，他每次把陈济棠空军的一架飞机交给蒋介石便可得2万元。6月30日，7架飞机从广东起飞投向了蒋介石。此后不到三个星期，又有82架飞机离开了白云机场。最后，这支由150多名飞行员和机械师组成的队伍加入了南京政权，使广东空军一蹶不振。陈济棠感到大势已去，7月18日，"华南王"宣告辞职，乘一艘英国船逃往香港。1946年3月17日，戴笠从北平飞往上海转南京途中，因飞机失事丧命。

【点评】戴笠是蒋介石身边的一把利剑，而在百姓的眼中则是蒋介石的刽子手。多行不义必自毙，他虽然忠心耿耿地执行着蒋介石反共反人民的一贯政策，得到蒋介石的格外垂青和宠爱。然而，天理昭昭，作恶多端的戴笠落得死于非命、粉身碎骨的报应。

（吴小卫　编稿）

欲虽不可去，求可节也。

——［战国］荀子

挥霍无度的人，等于把自己的前途抵
押出去。

——［美国］富兰克林

"硕鼠"成克杰

成克杰，男，1933年出生于广西上林，并长期在铁路系统工作。1986年8月起，先后担任广西壮族自治区副主席、常务副主席、代主席、主席、党组书记、自治区党委副书记，直至全国人大副委员长。然而也就在1986年，他结识了香港商人李平，这成为他命运的转折点。1993年底，成克杰与李平准备各自离婚后结婚，商议趁成克杰在位，利用其职权，为婚后生活共同准备钱财。此后，两人开始有目的、有计划地聚敛钱财，疯狂地上演了一幕幕权钱交易的"二人转"。

1994年3月10日，为了"名正言顺"地赚钱，成克杰利用职权，将广西银兴房屋开发公司由原隶属广西国际经济技术合作公司改为直接隶属自治区人民政府办公厅领导和管理。1994年初的一天，李平与银兴公司总经理周坤在闲聊中谈起西园饭店门口的一块地。周坤说，谁能拿到这块地就能赚大钱，但这块地不经成克杰批准谁也拿不到。此时，正是成、李二人商定先赚钱后结婚不久。听说这块地非成克杰批不可，李平立刻回去同成克杰协商。当李平把周坤答应拿到土地后可以给1000万或800万好处费的事告诉成克杰后，成克杰马上同意把这块地给周坤的公司。此后，周坤开始做工程的前期准备工作。在这个过程中，周坤提出降低地价就增加好处费的要求。成克杰利令智昏，指示南宁市政府将该工程降低地价。在成克杰的"关照"下，西园停车城（即江南停车购物城）工程顺利开工。为得到帮周坤提供贷款的好处费，成克杰多次给中国建设银行广西分行行长施加压力，最后银行被迫贷款7000万元人民币给周坤。就这样，通过批项目、压地价和解决贷款，2000多万元的巨额资金轻而易举落入了成克杰和李平的囊中。采取这种"二人转"的方式，成克杰通过帮助他人批项目、要贷款、提职级等多种方式，伙同李平或单独非法收受贿赂款、物合计人民币4109万余元。

北京市第一中级人民法院根据被告人成克杰犯罪的事实、犯罪的性质和情节及对社会的危害程度，于2000年7月31日宣判，以受贿罪判处成克杰死刑，剥夺政治权利终身，并处没收个人全部财产。一审宣判后，成克杰不服，向北京市高级人民法院提出上诉。北京市高级人民法院依法组成合议庭，依照刑事诉讼法的规定，对此案进行了审理。8月22日，北京市高级人民法院做出二审裁定：驳回成克杰上诉，维持原判，依法报请最高人民法院核准。9月7日，最高人民法院核准成克杰死刑。

【点评】人不能将金钱带入坟墓，但金钱却可以将人带入坟墓。作为一名党的领导干部，如果信念丧失、私欲膨胀、为所欲为，必将跌入犯罪的深渊，成为人民的罪人。

（王长芳　编稿）

举事以为人者，众助之；举事以自为
者，众去之。

——《淮南子》

对个人来说，唯一的权力是良心；对
人民来说，唯一的权力是法律。

——［法国］雨果

草菅人命的郑筱萸

郑筱萸，1944年12月生于福州，1968年毕业于复旦大学生物系。1994
年被任命为国家医药管理局局长、党组书记，1998年改任国家药监局第一
任局长，2005年6月期满退休。曾被评为"全国劳动模范"，入选首届全
国医药行业优秀企业家。2006年以来，"齐二药""奥美定""欣弗"等
重大医疗事件接踵发生，药品的审批、注册及医疗器械等环节的诸多问题
随之显山露水，郑筱萸担任国家药监局主要负责人期间，利用药品审批权
疯狂受贿敛财的面纱，才被一一揭开。

郑筱萸因长期在浙江经营，与浙江政界和企业界关系密切。浙江双
鸽集团的负责人李仙玉可谓近水楼台。在郑筱萸的关照下，1999年10月至
2003年8月间，双鸽集团有限公司下属公司申报的一次性使用无菌注射器
和一次性使用输液器办理医疗器械注册证得以顺利审批，其下属公司申报
的"甘露醇注射液"等共24种药品的生产或注册获得签批通过。

2002年，郑筱萸的儿子郑海榕从日本留学归来，他的工作、结婚、用
车、住房于是成了大问题。李仙玉得知后，投桃报李，马上解囊相助。就
这样，仅浙江双鸽一家公司便通过种种名义，给其子郑海榕、其妻刘耐雪

送上财物共计人民币292.91万元。

虾有虾路，鳖有鳖路。广东某医药公司的女老板郑军的门路，则是给郑海榕安排工作并发工资。所谓"工作"便是到其父郑筱萸那里帮公司说好话，办理公司的审批业务，而事实上每月领到1万元"工资"的郑海榕从来就没有到这家公司上过一天班。

特别是2001年至2003年，在全国范围统一换发药品生产文号专项工作中，郑筱萸极端不负责任，未做认真部署，并擅自批准降低换发文号的审批标准。经抽查发现，郑筱萸的玩忽职守行为，导致许多不应换发文号或应予撤销批准文号的药品获得了文号，一些滥竽充数的所谓新药以高昂的价格流入市场，其中六种药品竟然是假药。

经法院审理，1997年6月至2006年12月，郑筱萸利用职务上的便利，为双鸽集团有限公司、浙江康裕制药有限公司等八个单位在药品、医疗器械的审批等方面谋取利益，直接或通过其子郑海榕、其妻刘耐雪非法收受上述单位负责人的财物人民币500.3146万元、港币100万、美元3万元和奥迪牌轿车一辆（价值人民币18.5万元），共计折合人民币649.1758万元。

2007年7月10日，经最高人民法院核准，郑筱萸在北京被执行死刑。

【点评】世上没有后悔药，所以郑筱萸忏悔不了自己，更拯救不了他所害的人们。一个背离人民的人是无药可救的。

（刘妤　编稿）

天作孽，犹可违；自作孽，不可逭。

——《尚书》

天之大者，莫过于重民命，莫过于厚民生。

——《明史》

大独裁者克伦威尔

1649年1月，英国国王查理一世以暴君、叛徒、杀人犯和国家敌人的罪名被判处死刑。2月，议会决定取消王位，宣布英国为共和国。功勋卓著的克伦威尔，在革命取得胜利后，利用自己的威信和人民的信任，掌握了国家的最高权力。由此开始，克伦威尔从反对封建专制主义的革命者，转变为骑在人民头上的官老爷、资产阶级的靠山和保护神。

为了巩固资产阶级和新贵族的联合专政，克伦威尔把共和国这块金字招牌，变成谋私利的工具，不给人民半点平等和自由，对革命途中的同盟者，则掉转头来把他们一脚踢开，并开始残酷镇压国内民主革命运动。1649年，克伦威尔逮捕了政治上要求普选权、要求退还圈占土地、废除什一税等小资产阶级平等派的代表李尔本，残酷镇压伦敦等地的士兵起义，驱散伦敦附近"掘地派"的垦荒者。

克伦威尔用暴力稳定了国内的局势之后，立即着手镇压爱尔兰方兴未艾的民族起义，倚仗自己强大的兵力，抢占城市、烧毁村庄，杀害大量无辜的妇女、儿童和老人。克伦威尔的野蛮侵略，打破了爱尔兰人和平、宁静的生活。在克伦威尔的蹂躏下，爱尔兰三分之一的人口被剿灭，三分之二的土地被侵占，战争使人民贫困不堪、流离失所，一些人甚至被贩卖到

美洲做奴隶。野蛮的非正义战争，也使克伦威尔的部队深受腐蚀，由一支纪律严明、秋毫无犯的革命军，变为烧杀抢掠、无恶不作的侵略军，成了克伦威尔残酷镇压人民的帮凶和刽子手。

到了17世纪50年代，英国国会威信江河日下，日趋腐败无能，资产阶级和新贵族为了维护自己的胜利成果，要求建立军事独裁统治。1653年12月，克伦威尔驱散长期国会，在伦敦举行盛大典礼，就任英格兰、苏格兰、爱尔兰护国主，兼任陆海军总司令。接着，克伦威尔完全抛弃了虚伪的面纱，改护国主为世袭，成了一个没有称号的"无冕之王"，实行赤裸裸的军事独裁统治。

权力越来越大的克伦威尔更没有把人民的死活放在心中，国内物价飞涨，赋税繁重，大量穷人沦为债奴；国库空虚，财政濒临崩溃，预算赤字高达154万英镑；人民日益不满，查理一世的残余势力蠢蠢欲动，国内危机四伏。1658年9月3日，克伦威尔在百般颂扬声中病死于白金汉宫，走完了他光荣而又耻辱的一生。

1660年5月，斯图亚特王朝复辟，查理二世开始了残暴的反攻倒算，已死的克伦威尔也未能幸免于难，被人从坟墓中挖掘出来，吊上绞刑架，斩首示众。

【点评】克伦威尔作为英国功名显赫的军事领袖，领导国会军赢得了英国内战的胜利，推翻了封建王朝，奠定了英国议会民主制度，为建立共和国立下了汗马功劳。但是，由于阶级利益和个人局限，他无法将革命进行到底，给英国人民带来深重的灾难，也给自己的人生添上了不光彩的一笔。

（冷毛玉　编稿）

民弃其上，不亡何待？

——［春秋］尹戎

君者，舟也；庶人者，水也。水则载舟，水则覆舟。

——［战国］荀子

被人民送上断头台的路易十六

1793年1月21日，天空虽然下着雨，但是在巴黎革命广场的四周，却挤满了各色各样的人群，他们一边热烈地议论着，一边翘首向远处的路上眺望。不久，一队士兵押着一辆马车缓缓来到广场，四名士兵从车上押下一个人来，并把他送上断头台。这时，群众中爆发出一阵又一阵愤怒的呼喊："绞死他！""割下他的头！"三名行刑者在群众的怒吼声中，开动了断头机，法国国王路易十六终于在群众震耳欲聋的欢呼声中结束了可耻的一生。

路易十六于1774年即位，当时法国仍然是一个封建专制国家，社会分为三个等级，以王室为代表的教士、贵族分别为第一和第二等级，这两部分人只占全国人口总数的1%，却拥有全国40%的土地，他们利用手中的权力过着穷奢极欲的腐朽生活；资产阶级、城市平民和农民是第三等级。尤其是占全国人口总数90%、却只拥有全国耕地30%~40%的广大农民，承担着名目繁多的苛捐杂税，生活极其悲惨。他们要向地主缴纳贡赋或地租，向国家缴纳人口税、财产税、盐税、烟酒税，向教会缴纳什一税，奉献"圣礼"。更为过分的是，地主养的鸭子到农民田里啄食谷物，农民不得轰赶；为了使自己做个好梦，领主强令农民整夜拍打着沼泽以防青蛙鸣叫。广大第三等级人们在王权、神权和封建特权的压迫之下，普遍对现状感到不满，法国封建专制制度已处于即将爆发的火山之巅。

尽管国家连年灾荒、饥民遍地、工厂倒闭、工人失业，但是国王路易十六只知寻欢作乐，不理国事，竟在国务会上打瞌睡。在凡尔赛宫里，盛大豪华的宴会舞会，夜以继日。宫中仅供国王打猎的马就有1800余匹，马夫有1400余名。王后马丽·安东尼嗜好赌博，挥金如土，被称为"赤字夫人"。到1787年，法国已债台高筑，财政危机终于引发了政治危机。

为了从第三等级人们那里榨取更多的血汗钱，1789年5月，路易十六在凡尔赛宫被迫召开中断了175年之久的三级会议，想逼迫第三等级拿出钱来，解决政府的财政危机。可是，不堪忍受剥削的第三等级代表识破了国王的诡计，他们趁机提出了两点要求：第一，限制国王的权力，把三级会议变成国家的最高立法机关；第二，改变按等级分配表决权的办法，要求三个等级共同开会，按出席人数进行表决。路易十六听了这些要求，暴跳如雷，认为第三等级大逆不道，敢于向皇权挑战，于是，他偷偷把效忠于王朝的军队调回巴黎，准备逮捕第三等级的代表。消息传出，巴黎人民群情激愤，怒不可遏，终于点燃了酝酿已久的大革命导火索。

1789年7月13日这一天，手执武器的第三等级人民攻占了一个又一个阵地，巴黎市区到处都有起义者的街垒。14日，巴黎人民攻克了关押革命者的巴士底狱。1791年6月20日，路易十六化装出逃被扣留。回到巴黎的路易十六，不仅没有收敛他的反革命气焰，反而勾结外国势力和逃亡贵族，企图镇压革命。1792年8月9日至10日，巴黎人民愤怒到了极点，与来自全国各地的义勇军一起，举行了声势浩大的第二次大起义，逮捕了国王。9月22日，国民公会宣布废除君主政体，成立法兰西第一共和国。1793年1月18日，国民公会正式判决路易十六死刑。

【点评】路易十六昏庸懦弱，生活糜烂，专制残暴，不顾人民死活，终日以玩锁为乐，使得国家债台高筑，民不聊生，人民怨声载道。专制体制的暴政和压迫，必然会激起人民强烈的不满，路易十六和法兰西帝国终于在人民愤怒反抗的烈火中灰飞烟灭。

（冷毛玉　编稿）

国家之本，在于人民。

——孙中山

你们可以一直愚弄一部分人民， 你们也可以一时愚弄全体人民， 但是，你们决不能一直愚弄全体人民。

——［美国］林肯

血腥沙皇尼古拉二世

尼古拉二世是沙皇俄国的末代皇帝，他胸襟狭窄，顽固不化，又极端残忍，双手沾满了人民群众的鲜血。

1896年5月18日，尼古拉二世加冕，在莫斯科郊外霍顿卡广场举行了盛大的游园活动。人们听说按照传统习惯，沙皇要赏赐礼物，于是五十多万民众潮水般涌入霍顿卡广场，但是政府却没有采取任何措施维持秩序，导致两千多人被踩死，上万人被踩伤。灾难发生后，冷酷无情的尼古拉二世和皇后却像什么事也没有发生一样，当天晚上照样出席法国大使举行的盛大晚会，兴高采烈地带头跳舞，寻欢作乐，根本没有把人民群众的生死放在心上。

即位后的尼古拉二世穷兵黩武，疯狂进行侵略扩张，攫取中国领土；同时，战争也把俄国人民拖入灾难的深渊，数百万人丧命战场，农村一半男劳力被征调上前线，致使田地荒芜、粮食奇缺、物价飞涨，国民经济陷入极端的混乱，人民生活在死亡和痛苦之中。

为了向沙皇陈述自己的疾苦，请求改善工作和生活条件，1905年1月9日，一个风雪交加的星期天，15万彼得堡工人和家属扶老携幼，前往冬宫和平请愿。他们举着请愿书、宗教旗幡、圣像和沙皇尼古拉二世的画像，唱着东正教祷告歌，请求实行代议制议会、免费教育、八小时工作制、增加工资、改善工作条件等。当请愿群众怀着虔诚的心情走近冬宫时，迎接手无寸铁的请愿者的不是热情的笑脸和温暖的抚慰，而是无情的枪弹和夺命的铁蹄。残暴成性的尼古拉二世竟把和平请愿的群众当作敌人，以"工人想摧毁冬宫、杀害沙皇"为借口，命令军队向请愿者开枪，当场打死、砍死和踩死1000多人，2000多人受伤，其中有许多妇女和儿童，彼得堡街头血流成河，无辜群众用自己的鲜血写下了世界历史上著名的"流血的星期日"惨剧。

为抗议这场血腥的屠杀，俄国各地工人罢工、农民暴动、群众示威，到处是"打倒沙皇专制制度"的呼声，整个俄国都沸腾起来了，全国不少地方都爆发了轰轰烈烈的武装起义。这些起义虽然先后被沙皇政府残酷镇压了，但是1905年革命，揭开了俄国第一次资产阶级革命的序幕，沉重打击了沙皇专制制度，锻炼和教育了俄国人民，创造了无产阶级政权的雏形——苏维埃。列宁称："没有1905年的'总演习'，就不可能有1917年十月革命的胜利。"

【点评】哪里有压迫，哪里就有反抗。广大人民群众为生存、为自由、为真理的革命洪流是任何力量也阻挡不了的。视人民如草芥的尼古拉二世，不仅使统治俄国达304年的罗曼诺夫王朝寿终正寝，自己也逃脱不了葬身人民群众汪洋大海的命运。历史事实证明：骑在人民头上的，人民把他摔垮；给人民当牛作马的，人民永远记住他！

(冷毛玉　编稿)

> 不仁者居高位，是播其恶于众也。
>
> ——［战国］孟子
>
> 一个人的绝对自由是疯狂，一个国家的绝对自由是混乱。
>
> ——［法国］罗曼·罗兰

杀人魔王希特勒

阿道夫·希特勒，纳粹党拥有独裁权力的"元首"。1923年11月，希特勒利用德国人对凡尔赛和约的普遍不满，率纳粹党徒发动"啤酒馆暴动"，企图推翻魏玛共和国，失败后被捕。出狱后，希特勒通过竞选来夺取政权，1933年出任德国总理，1934年继任总统。

希特勒是极端的种族主义和反犹主义者，他把犹太人看作是世界的敌人，一切邪恶势力的根源和灾祸的根子。他统治德国后，极力推行"反犹主义"，迫害犹太人，甚至想最终在肉体上消灭犹太人。

1935年9月，希特勒颁布了"纽伦堡法律"，剥夺犹太人的德国公民籍，使其沦为"属民"地位：犹太人不得担任国家公职；不准在新闻界、教育界、艺术界、金融界和农业界工作；许多地区的商店、药房和旅店的门口都挂着"犹太人不得入内"的牌子，犹太人连必需的食品、衣物、药品都难以买到，生活陷于绝境。此后，纳粹德国还把大量的犹太人驱赶到其他国家和地区。

1938年11月9日，经过希特勒和他的得力干将戈培尔等人的精心策划、操纵和煽动，爆发了史称"水晶之夜"的反犹惨案。这天晚上，德国各地以及奥地利的纳粹狂热分子，挥舞棍棒，走上街头，把犹太人集会的

场所、私人住宅、店铺的玻璃统统打碎，烧毁犹太人的教堂，公然迫害、凌辱和杀害犹太人。在纳粹分子群魔乱舞中，有36人惨遭杀害，36人受重伤，267座教堂被焚烧或夷为平地，7500多家犹太人的商店被捣毁；另外，还有3万多名犹太男子在家中被捕，押往集中营，嗣后被害或折磨致死，其手段之残忍，令人毛骨悚然。

此后，希特勒领导的纳粹法西斯集团，反犹手段愈演愈烈。1939年9月，纳粹德国入侵波兰，开始实施大规模杀害犹太人的行动计划，在"最终解决"犹太人的行动中，出现了像奥斯维辛集中营那样采取毒气室、焚尸炉成批杀害犹太人的令人发指的罪行。据统计，纳粹德国共杀害犹太人570多万。

多行不义必自毙。随着世界反法西斯浪潮的兴起，希特勒和纳粹德国也逃脱不了最终灭亡的命运。1944年，英美联军在诺曼底登陆，德军处于东西两面作战的不利态势，失败已成定局。1945年，苏军攻占柏林，希特勒走投无路，于4月30日饮弹自尽，结束其反人民的罪恶一生。

【点评】希特勒为了实现其征服世界的野心，悍然发动第二次世界大战，致使生灵涂炭，是一个罪恶累累的战争狂人。尤其是对犹太人进行惨绝人寰的大屠杀，早已被钉在历史的耻辱柱上。昭示后人，警惕种族主义的再度流行，让世界上所有的民族都平等和睦地生活在同一片蓝天下。

（张德敬　编稿）

人神之所共嫉，天地之所不容。

——［唐］骆宾王

貌则人，其心则禽兽。

——［唐］韩愈

战争狂人东条英机

东条英机1884年出生在日本一个大军阀家庭，作为日本侵略军和日本法西斯统治集团的元首，策划参与了一系列侵华战争，肆无忌惮地屠杀抗日军民，制造了许多骇人听闻的惨案，对中国人民犯下的罪行罄竹难书。

为了征服中国、称霸世界，东条英机这伙法西斯分子，把日本人民绑在罪恶的战车上，给本国人民带来了深重的灾难：为了侵略战争的需要，进行无限制的征兵，把许多日本人驱上战场，充当炮灰。当日本侵略军节节败退时，鼓动实行"玉碎"战术，强迫士兵即使全部被消灭，也不准转移阵地，要为日本法西斯卖命；强制一切有劳动能力的国民参加军需生产，每日工作不少于12小时。由于大批强壮劳动力被征兵或从事军需生产，日本国民经济遭到了严重的破坏，广大劳动人民食不果腹、衣不蔽体，挣扎在饥饿和死亡线上。为了节省衣料，便禁止人们穿宽大衣服。干菜和橡子面成了主食，全国人民处于有组织的挨饿之中。东条英机根本不顾人民的死活，竟然胡说"每天吃一餐，也无损于健康"。罪恶的战争把日本人民拖入苦难的深渊，人们把东条英机叫作"日本的希特勒"和"东方的恶人"。

种种倒行逆施的行为，极大地激起了日本人民的愤怒和反抗。据有关史料记载，在东条英机当政期间，日本发生了130次罢工，10640起田租纠

纷。对本国人民的反战活动和抗议，东条集团进行了残酷镇压，东条英机因此落得个"剃头将军"的绰号。

得道多助，失道寡助。随着日本侵略军在战场上节节败退，国内矛盾空前高涨，众叛亲离、四面楚歌的东条内阁，于1944年7月在日本人民的讨伐声中垮台。

日本战败投降后，东条英机作为发动战争的罪魁祸首，深感末日临头，胆战心惊，畏罪自杀未遂。1945年9月他作为头号战犯被捕，在被审判的过程中，面对铁证如山的累累血债，仍然十分顽固地坚持反动的法西斯立场，死不悔改。1948年12月23日，他被远东军事法庭处以绞刑。

【点评】东条英机作为日本法西斯头目，穷兵黩武，力主侵略中国，悍然发动太平洋战争，给亚太地区各国人民特别是中国人民带来巨大灾难，是一个地地道道的战争恶魔。东条英机的一系列骇人听闻的兽行，人神共愤，天地不容，他死有余辜。

（冷毛玉　编稿）

墨写的谎言，掩盖不住血写的事实。
　　　　　　　　　　　——鲁迅

扼杀思想的人，是最大的谋杀犯。
　　　　　　　　——［意大利］但丁

愚弄人民的戈培尔

保罗·约瑟夫·戈培尔，1897年生于莱茵区的雷特。曾在波恩、慕尼黑、弗莱堡大学攻读哲学、历史和文学，获哲学博士学位，是纳粹头目中唯一受过系统高等文科教育的人。

1922年，戈培尔加入纳粹党，因态度激进、言词锋利为希特勒赏识，在党内地位迅速上升。1927年，戈培尔主持柏林党务并创办《进攻报》，加强法西斯宣传和对人民大众的欺骗。

1933年，希特勒上台，立即委任戈培尔为"国民教育和宣传"部长。上台伊始，戈培尔便发起了野蛮的焚书运动。1935年5月10日午夜，大批法西斯党徒举着火把，游行到柏林大学附近的广场上，将大量书籍堆集在一起，然后加以焚烧。在熊熊火光中，许多德国著名作家如马克思、恩格斯、海涅、托马斯·曼、茨威格、爱因斯坦等人的著作化为灰烬，许多外国著名作家如杰克·伦敦、海伦·凯勒、弗洛伊德、纪德、左拉等人的书籍也被付之一炬。法西斯党徒宣称，"凡是对我们前进起破坏作用"的书籍，都将焚毁。戈培尔亲临焚书现场，称赞和鼓励焚书行为，并发表讲话："在这火光下，不仅一个旧时代结束了；这火光还照亮一个新时代。"

戈培尔连续12年控制德国的宣传机器，推行法西斯文化专制主义。

他编造元首"一贯正确"的神话，称希特勒为"人间主宰"，诱导人们盲目服从，鼓动人们为纳粹事业献身。他发布一系列文化管制法令，凡"政治上不可靠的人"，都被开除出各类文艺协会，不准从事文化艺术类的活动。

戈培尔主张"宣传目的只有一个，即征服民众"，论点必须"粗犷、清楚、有力，而真理则是无关紧要的"。宣传的基本原则是对"有效论点"的不断重复，有用的谎言要一再传播，而且要装扮得令人信服。基于这种精神，戈培尔一手导演了"国会纵火案"，诬陷德国共产党。为了能使希特勒在大选中获得更多的选票，纳粹党急需塑造一个英雄。恰逢其时，出现了赫斯特枪杀事件。戈培尔抓住这个绝好机会，将一个流氓嫖客改头换面，包装成一个纳粹党的烈士，把一场争风吃醋的流氓斗殴，演变成一场严肃的政治谋杀，把污水一股脑儿泼向了德国共产党，谎言编排得天衣无缝。

第二次世界大战爆发后，戈培尔到处发表演讲，为德军的胜利喝彩，为德军的暴行辩护，鼓动三寸不烂之舌，欺骗民众。

1945年，希特勒任命戈培尔为柏林"城防司令"，在这场反人民的战争即将失败之际，戈培尔对柏林城实行焦土政策，负隅顽抗。螳臂当车，不自量力。5月1日，戈培尔见大势已去，先毒杀自己的六个孩子，然后自杀，结束了罪恶的生命。

【点评】戈培尔博览群书，巧言善辩，却以自己的聪明才智助纣为虐，为反人民、反社会的希特勒效劳，对人民实行愚昧政策，鼓动欺骗民众追随反动的纳粹党，为非正义的战争送命。他坏事做绝，最终成为纳粹德国的殉葬品，留下千古骂名。

（张德敬　编稿）

以崇尚科学为荣
以愚昧无知为耻

YI CHONGSHANG KEXUE WEI RONG
YI YUMEI WUZHI WEI CHI

我们的理想，是远航的巨轮，没有人愿它卷入愚昧的旋涡难以自拔。

　　我们的理想，是巍峨的山峰，没有人能凭无知的头脑领略顶峰的风光。

　　科学是人类对于自然规律和社会发展规律的正确认知和把握，是推动历史进步的基石。当今时代，科学力量正越来越有力地推动着社会的发展。正因为科学的昌明、技术的先进、思维的开放、创意的新颖，神舟飞船才能遨游太空，嫦娥奔月的千古神话才能变为现实。崇尚科学，人们才会有用之不竭的奇思妙想，国家才会有兴旺发达的不竭动力。

　　愚昧是一种无知，是对自然和社会的错误认识。愚昧带给人类的教训是深刻的：愚昧的守疆大吏，竟幻想用"马桶"法术来阻挡帝国主义列强的坚船利炮；无知的皇帝明世宗，竟幻想得道成仙"白日飞升"；还有一些装神弄鬼的不法分子，利用封建迷信，愚弄百姓，图财害命；更有居心叵测的邪教徒，打着宗教的旗号，麻痹信教群众的思想，达到自己不可告人的目的。这些都足以证明，愚昧无知会延缓、阻滞社会的发展，危害人民的生命，影响社会的团结，破坏家庭的和谐。

　　"科学的最好助手是自己的头脑和思考。"因此，在做每一件事之前，我们都应该抱着科学的态度去衡量，用知识的理性去分析，避免自己在工作和学习中不必要的失误。与此同时，我们还要坚决与封建迷信、"法轮功"等愚昧、邪恶势力作不懈的斗争。

　　我们骄傲，我们是闻名于世的四大文明古国之一；我们自豪，我们有彪炳史册的四大发明。在科学技术飞速发展的21世纪，我们要以青春的昂扬、年少的锐气，坚守信仰、坚守理想、坚守科学，用智慧在壮阔的天地间书写辉煌的人生！

（钟贞山　编稿）

滥用书籍，则学问死矣。

——［法国］卢梭

与其说得过分，不如说得不全。

——［俄国］列夫·托尔斯泰

纸上谈兵的赵括

赵括，战国时期赵国人，亦称马服子，是赵国名将马服君赵奢的儿子。自幼熟读兵书，能言善辩，在当时颇有名气，他也甚为自负，但缺乏实战经验。

公元前262年，秦军攻韩，韩上党（今山西长治市北）郡守冯亭不愿降秦，率军民投靠了赵国，赵派老将廉颇率领20万赵军前往接应。廉颇把军队安置在战略重地长平（今山西高平市），并迅速建立起防御工事。秦派大将王龁攻打长平，赵军连吃了几场败仗。鉴于秦军攻击力量强，廉颇高挂免战牌，消耗秦军的力量。双方相持三年，不分胜负。秦昭王采纳大臣范雎的计谋，派间谍到赵国都城邯郸散布谣言，说"秦国人最怕马服君赵奢的儿子赵括带兵，廉颇不中用，眼看就快投降了"。

公元前260年，赵孝成王听信秦人的反间计，任命赵括为将，到长平前线去接替廉颇。所谓知子莫若父，赵奢生前对赵括的评价是："兵法，是非常凶险的事情，赵括却把它说得像儿戏一样。大王将来不任用他也就罢了，如果一定要派他为将，赵军肯定会葬送在他的手里。"赵括母亲上书赵王，说赵括不能担任将领，蔺相如也谏议说："赵括不过只会读读兵书，不能临阵应变，大王不可以虚名任将。"赵孝成王不听。

秦国人听说赵已取代廉颇为将，立刻秘密用擅长进攻的"常胜将

军"白起换下王龁，并大量征兵支援前线。赵括一到长平，就把廉颇制定的一系列规章制度全部更改，调整军队中的将领，要求赵军迎头痛击秦军。白起设好埋伏，故意佯装败走，赵括不知是计，下令赵军全线出击。白起以奇兵断绝赵军粮道，并把赵军切成两段。赵军被困46天，粮尽援绝，赵括亲自率兵突围，被秦军射死。失去主帅的40万赵军无奈投降，结果被白起坑杀，仅留240余名年幼者回国报信。在长平之战中，赵军主力损失殆尽。

【点评】秦赵长平之战，纸上谈兵的赵括葬送了赵军数十万将士的性命。重温这段历史，它留下的教训是，迷信书本和教条只会走向失败，实事求是，按科学规律办事，我们才能不断地取得胜利。

（孙丽　编稿）

人不能像走兽那样活着，应追求知识和美德。

——［意大利］但丁

傻瓜旁边必然有骗子。

——［法国］巴尔扎克

愚昧皇帝司马衷

　　司马衷是晋武帝第二子，泰始三年（267年），立为皇太子，时年九岁。公元290年，晋武帝死，司马衷继位，是为惠帝。

　　惠帝是出了名的白痴，一次曾率领侍从在皇家园林中游玩，园中传出阵阵蛤蟆声，他问左右："这些鸣叫的蛤蟆是官家的，还是私家的？"有人回答说："在官地里鸣叫的是官蛤蟆，在私地里鸣叫的是私蛤蟆。"惠帝信以为真。不久，天下发生饥荒，很多百姓饿死，他却说："何不食肉糜（肉粥）？"

　　本来生性愚昧并不可耻，然而愚昧却当皇帝，就是国家的悲哀。惠帝继位之初，皇太后之父杨骏为太傅辅政，独揽大权。皇后贾南风是个凶险狡诈的女人，她妒忌杨氏当权，遂与晋武帝第五子楚王司马玮合谋，于公元291年3月杀杨骏三兄弟，杨氏亲族和党羽被株连而死者数千人。贾后又将自己的婆婆皇太后废黜为庶人，迫使她绝食而死。接着，又杀害了非自己所生的太子遹。而这一切，惠帝竟茫然不知。就这样，大乱首先从宫廷内部开始了。

　　宫廷政变继而演变为皇室内部的争权斗争，史称"八王之乱"。八王之乱前后持续了16年之久，参与作乱的汝南王亮等七王相继被杀，贾皇后被赵王伦以毒酒赐死，惠帝被司马越用毒饼毒死，惠帝子孙全部死尽。只有东海王司马越独吞了"胜利"苦果，收拾破碎的山河。经过这场大乱，统治集团的力量消耗殆尽，而无辜人民所遭受的灾难更是惨重，仅被杀害的就有数十万人，给社会生产带来极大的破坏。

八王之乱后，隐伏着的阶级矛盾和民族矛盾便迅速爆发了，西晋王朝随之灭亡。

【点评】 生性愚昧是人生的悲哀。如果不顾国家民族的安危、黎民百姓的死活，挟持愚昧之人登上皇帝的宝座，谋取自己的利益，则是人民的悲哀、社会的悲哀。

（周兆望　编稿）

业精于勤荒于嬉，行成于思毁于随。
——［唐］韩愈

人生犹如一本书，愚蠢者草草翻过，聪明人细细阅读。为何如此，　因为他们只能读它一次。

——［德国］保罗

迷信方术的明世宗

明世宗，即嘉靖帝朱厚熜（cōng），1521年登基，1567年去世，在位46年。

嘉靖帝幼时聪敏，注重礼节，遇事有主见。即位之初，他励精图治，希望有所作为。他采取措施革除先朝腐政，打击旧朝臣和皇族、勋戚势力，总揽内外大政，皇权高度集中；他还重视和加大内阁的作用，削弱宦官的权力，扭转了过去宦官擅权、败坏朝政的局面，朝政为之一新。

但不久后，嘉靖帝刚愎自用、专横暴虐的性格日益显露出来。他不仅滥用民力在宫内外大肆兴建宫殿庙宇，加重百姓的负担，使得国家财政危机日益深重，而且迷信方士，敬崇鬼神，一生乐此不疲。他迷信丹药方术，派人四处采集灵芝，并经常吞服道士们炼制的丹药以求延年益寿。为满足自己修道和淫乐，他多次遴选民女入宫，每次数百名。1542年，方士们告诉嘉靖帝用每天早晨的露水炼丹效果好，可以长生。于是他命宫女们清晨采集甘露，致使上百名宫女病倒。宫女们忍无可忍，差点将他勒死。这就是历史上罕见的宫女弑君的"壬寅宫变"。

他不仅本人信道，而且还要求全体臣僚都要尊道。臣僚尊道者升官发财，敢于进言劝谏者轻则削职为民、枷禁狱中，重则当场杖死。在他当皇帝期间，道士邵元节、陶仲文等人的官职竟然升到了礼部尚书，陶仲文甚至一身兼少师、少傅、少保数职。这在明朝历史上是空前绝后的。尤其是经历"壬寅宫变"后，侥幸未死的嘉靖帝被吓得失魂落魄，移居西苑，设醮炼丹，迷信几个道士的邪说，一心修玄，日求长生，二十几年不敢回皇宫，置朝政于不顾。事情无论大小都要向神仙请示，简直把请神当饭吃。

嘉靖帝一心修道求长生，不理朝政，致使贪赃枉法的首辅严嵩横行乱政20年，吏治败坏，边事废弛，造成北方蒙古侵扰不断，倭寇频繁侵扰东南沿海地区，有识官员不能为国出力，甚至惨遭屠戮的局面。明朝的江山好像一艘破船，即将沉没了。

沉迷于求道成仙的朱厚熜最终没有长生，死后葬于北京昌平十三陵永陵。

【点评】明世宗在位45年，修道求仙占用了大部分时间。他不顾民生国力大肆修建宫殿庙宇，迷信方士，一心修玄，梦求长生，甚至处理朝政大事也要向神请示，致使吏治腐败、边事废弛、国家衰败。愚昧无知的他最终也没有成仙长生，只能按自然规律零落为泥土。

（晏国彬 ·编稿）

无知是迷信之母。

——［法国］巴尔扎克

尊重真理是聪明睿智的开始。

——［俄国］赫尔岑

"马桶将军"杨芳

杨芳，1770年出生，贵州省松桃县人。清代嘉庆、道光年间的武官，因镇压农民起义和平定边疆叛乱有功而被朝廷封为果勇侯。鸦片战争爆发前，担任湖南提督。

1840年，第一次鸦片战争爆发。1841年，七十多岁的杨芳被任命为参赞大臣，赴广州抗击英军。3月，杨芳进入广州，百姓早就听说杨芳是位宿将，都盼着他能抵抗住英军的入侵，广州的文武官员也认为有了依靠。然而，这个以镇压农民和少数民族起家的清朝高级军官却只是个内战内行、外战外行的将军。他对大清以外的世界一无所知，对洋人更是毫不了解。进入广州不久，杨芳看到了洋人金发碧眼的模样，也见识了洋炮精准射杀的威力。如此另类的长相、如此准确的炮击令这个懵懂的大清将军百思不得其解。绞尽脑汁后，他终于得出了一个结论：这一定是妖人在使妖术。于是他也想出了一个对付妖术的"妙计"：用肮脏污秽之物来破旁门左道之术。他立即下令，命广州地方保甲挨家挨户地收取妇女所用的马桶。他给这数千个臭气熏天的马桶命名为"压胜器"。杨芳派一员副将率领兵丁把马桶排列在木筏上，运到乌涌一带。一声炮响之后，兵丁们把木筏整整齐齐地排列在水面，马桶口敞开朝着英军进犯的方向。杨芳吩咐副将率领兵丁埋伏好，等英军船只来到时，"压胜器"必能发挥作用，使英

军枪炮失灵，副将再趁机率伏兵冲出，夹攻英船，定能大获全胜。不久，英舰远远驶来，英舰军官举起望远镜，看到岸边木筏纵横排列，筏上不知摆了些什么东西，着实吓了一跳，然而一开炮，那筏上之物立即粉身碎骨。那员副将早知马桶不会有什么作用，看见英舰驶来就溜之大吉了。杨芳"以邪制邪"的战术丝毫没有能够阻止英舰的进攻，英舰毫无阻拦地长驱直入，直逼广州城下。

广州百姓不甘忍受英军的侵略，盼望政府派大军抗击外敌，保卫家园，结果杨芳却使广州人民大失所望。清政府手握重兵的名将，竟对敌手毫不了解，在战争中居然使用了马桶这污秽之物来抵御侵略者的坚船利炮。事后，有人赋诗讽刺这个"马桶将军"："粪桶尚言施妙计，秽声传遍粤城中。"

广州战争结束后，杨芳以畏敌求和、怠慢军心被革职留用，仍回湖南任提督。1843年退休回贵州原籍，1846年死。

【点评】一个人面对陌生的世界，不可胡乱地去猜疑，而应努力地去认知。唯有这样，才不会因无知而做出愚蠢的决定。面对枪炮精准的英国侵略军，杨芳并不去认真地了解，而是自作聪明地运用迷信的手段来对付，结果当然可想而知。正是愚昧无知使年逾古稀的杨芳采取如此愚蠢的克"邪"办法。

（肖文华　编稿）

愚昧是个很大的敌人。

——陈毅

无论乌鸦怎样用孔雀的羽毛来装饰自己，乌鸦毕竟是乌鸦。

——［苏联］斯大林

"盖世华佗"胡万林

1995年，中国陡然间出现了一个"盖世华佗"。据说他医术如神，包治百病，即使现代医学无能为力的癌症，治愈率也可达90％，一时引得病者朝圣般从全国各地辗转前来求医。

胡万林有何"神奇妙术"？让我们揭开"神医"胡万林的真实面目。

胡万林，1949年生于四川绵阳，小学文化，曾因犯罪两进监狱，被劳教24年。1977年被释放后，从未受过医学培训、未取得行医资格的他，在山西太原开办医院，他采用的"运动疗法"从未经过任何部门的论证认可，所用药品从未经过国家有关部门审批。在诊病过程中，胡万林不做任何诊断检查，仅凭肉眼看几眼便能知道一个人有什么病，而且他什么病都能看，什么病都能治，用的药也只有一种：芒硝。按他的说法，病人吃了"药"之后，就能"药到病除"。

何素云就是被胡万林治死的典型代表。这位55岁的商丘市优秀小学教师，患高血压病。1998年9月，何素云的女儿听说商丘新落成的卫达医院来了一位神医，包治各类疑难杂症和不治之症，于是专程去咨询，得到院方百分之百肯定回答，并从"神医"手里买了某著名作家写的《发现黄帝内经》一书。何素云看过此书后，对"胡大师"的医术深信不疑，遂

于9月28日去医院求见"大师"。胡万林说:"我治高血压就跟治感冒一样。"何素云立即得到了"大师"的一张纸条,领药回家服用。希望治愈高血压的何素云,按医嘱服用实为芒硝的"神药"。那药一下肚,即感腹内火烧火燎,肠胃如翻江倒海。喝了第二次,便感体力衰竭、头晕目眩。第三次服下,便晕倒。家人慌忙去找胡万林,胡竟诡辩:"我的药就是让你反复的,有反复就好了。"说着对一瓶纯净水做发功状,完毕将水交给何说:"喝过它就没事了。"何素云依言照服,几小时后就断了气。

胡万林用来"包治百病"的神水——芒硝,在中医上用作强泻剂,常人用量不超过10克,而胡是大把加用,一天数次,导致所有求诊病人迅速上吐下泻,多人死于非命。

多名患者和家属将胡万林告上法庭,河南省高级人民法院在审理该案后认为,胡万林未取得医生执业资格而非法行医,曾被多次取缔仍不思悔改,情节严重,已构成非法行医罪。胡万林在诊治病人中,造成多人死亡,后果特别严重,判处有期徒刑15年,剥夺政治权利5年,并处罚金15万元。胡万林非法行医的行为受到法律的严惩。

【点评】科学是老老实实的学问,来不得半点马虎和虚假,谁愚弄科学,必将落得个害人害己的可悲下场。

(冷毛玉 编稿)

最可怕的敌人，就是没有坚强的信念。
——［法国］罗曼·罗兰
信仰和迷信是截然不同的东西。
——［法国］帕斯卡

不信马列信鬼神的丛福奎

丛福奎1942年9月出生于农民家庭，是党和人民的培养使他读完了中学和大学，并走上了河北省委常委、常务副省长的岗位。

丛福奎的堕落悲剧始自一个叫殷凤珍的女人。殷凤珍原是吉林省某山村一个只有小学文化程度的农家妇女，经常给人看风水、看相和算命，自称有预测人的升迁祸福等特异功能，四处招摇撞骗。

1996年，"殷大仙"听自己的一个"病人"谈起他有一个至交叫丛福奎，在河北省当副省长，常年有胃病。于是，"殷大仙"要这个"病人"介绍自己给丛福奎"治病"。起初丛福奎将信将疑，"殷大仙"指着他的肚子说："你胃里长了一个大包！"丛福奎心里一惊："怎么？一不号脉，二不问诊，用眼睛就能瞧出我有胃病？"于是，两人越谈越投机，殷凤珍的花言巧语和适时关怀，让丛福奎内心深处渐渐对她有了一种异样的崇拜的感觉。恰好此时丛福奎对自己的仕途相当不满，被殷凤珍的一番诱导说动了心，下决心依靠佛祖来改变自己的命运。从此，他在住宅内设佛堂、供佛像，每月初一、十五烧香、念经、打坐、拜佛。为了得到神的保佑，他被褥底下铺有佛令，枕头底下压着道符。1997年11月，丛福奎正式皈依佛门，法号"妙全"。

做了佛门俗家弟子，丛福奎不是以慈悲为怀，以百姓疾苦为念，而

是借佛敛财。1998年1月，丛福奎和殷凤珍共同谋划注册了一家公司。丛福奎赤裸裸地对殷凤珍说："办公司的资金我负责，我掌握国家的政策、法律，筹集钱拉赞助这样说影响不好，就说行善事，以行善事的名义拉赞助。" 1998年12月，丛福奎将河北省宇通实业有限公司总经理李某召到办公室，说他有一个朋友开了一家公司，目前急需资金，请李某帮助解决50万元。副省长亲自开了尊口，李某不敢不从，很快将50万元现金交给了丛福奎，丛福奎收到这笔钱后，转手交给了红颜知己殷凤珍。钱来得如此容易，殷凤珍花起来也不含糊，用48万购买了翡翠观音摆件和景泰蓝瓷器等。事隔一个月，丛福奎再次将李某召来，又以其朋友的公司资金紧张为由，狮子大开口地让其帮助解决人民币200万元。李某200万还没有凑齐，丛福奎又将他召来，以修庙宇为由，让李某出资人民币300万元。面对丛福奎赤裸裸地公然索取500万元，李某为了贷款，不得不违心从命。索取了李某550万元人民币，丛福奎当然也没有忘记所托之事。在他的直接过问下，李某顺利地从河北省建设银行贷出人民币1000万元；同年11月，李某再次从该行贷出人民币3500万元，这笔巨额贷款至今没还。

2003年4月29日，河北省张家口市中级人民法院对丛福奎受贿案做出一审判决：以受贿罪判处丛福奎死刑，缓期两年执行，剥夺政治权利终身，并处没收个人全部财产。这个自身立场不坚定、理想信念丧失，又被迷信欺弄的蛀虫，终于跌入了自焚的火坑。

【点评】作为一名共产党员、一个党的高级领导干部，抛弃信仰，拜倒在巫婆阴谋设置的神坛下，借神敛财，欲壑难填，他的结局令人悲哀，他的蜕变更令人警醒。

（冷毛玉　编稿）

信仰有异于迷信，若坚信信仰甚于迷信，则无异于破坏信仰。

——［法国］帕斯卡

迷信者的见解模糊不清，伪君子则是一副假心肠。

——［法国］狄德罗

揉碎的"花蕾"刘思影

　　刘思影，河南省开封市苹果园小学五年级学生，一个天真快乐漂亮的12岁女孩，同学眼中的"开心果"，然而却受"法轮功"歪理邪说的蒙骗，为求"圆满"、飞升"铺满金子的天国"而自焚。

　　2001年1月23日下午，小思影在沉迷"法轮功"毒害已经不能自拔的妈妈刘春玲带领下，为寻找李洪志所谓的"天国"，来到天安门广场点燃身上汽油自焚。"火烧不着你，只是从你身上过一下。一瞬间就到了天国。""那是一个美妙的世界，你起码是个'法王'，还有很多人伺候你。"妈妈和一起练功的叔叔、阿姨的话仿佛又在耳边响起，然而火苗蹿起后，一切都变了。钻心的疼痛和巨大的恐惧，使年幼的思影禁不住失声哭喊："妈妈，救救我！"她没有升入"天国"。经民警全力扑救，她被紧急送往医院。北京积水潭医院烧伤科诊断：热烧伤40％，合并重度吸入性损伤，头面部四度烧伤。

　　小思影的悲剧，缘于迷信"法轮功"的妈妈的诱导。2000年3月，在妈妈的带领和辅导下，她开始读李洪志的《转法轮》，练习"法轮功"。缺乏理性判断能力的她，认识了一批和她妈妈一样痴迷"法轮功"的练功者。这些人常常夸她聪明，能在"天国"当"法王"。这次自焚，就是受走火入魔的妈妈和练习"法轮功"的阿姨、叔叔的蛊惑。

小思影入院后的第四天，刚刚做完植皮手术的她头部被纱布紧紧包裹着，烧焦的左手像一支枯萎的花朵耷拉在胸前，记者在护士的允许和帮助下，轻轻地问了小思影几个问题：

"你为什么要自焚啊？"

"去天国。"

"天国在哪里？"

"不知道。"

"那是什么样的世界？"

"美好的世界。"想了想，小思影接着说："那里到处都是金子，连通向天国的路都是金子铺的。"

"怎样才能到达天国呢？"

"肉身留下，元神离开。"

"你是怎么知道的？"

"从《转法轮》上。还跟妈妈学。"

"你为什么没有到那个世界呢？"

沉默了好一阵子，小思影才喃喃地说："妈妈骗了我。"2001年3月17日下午，小思影由于大面积烧伤导致心肌炎病情突然加重而死亡。一个豆蔻年华的12岁女孩，就这样被邪教"法轮功"葬送了本该光明的前程，再也看不见生机盎然、繁花似锦的春天。

【点评】李洪志蒙骗"法轮功"痴迷者的"天国世界"，没能让小思影真正拥有美好的未来，却过早地夺去了她年幼的生命。血淋淋的事实充分表明，执迷不悟、追随邪教，到头来只能是毁灭自己。因此，全社会都要积极行动起来，清除邪教"法轮功"的流毒，共同创造一个祥和、安定的社会环境。

（冷毛玉　编稿）

科学是针对狂热或迷信之毒的绝佳解毒药。

——［英国］亚当·斯密

人之所以迷信，只是由于恐惧；人之所以恐惧，只是由于无知。

——［法国］霍尔巴赫

为儿子娶"鬼妻"的陈孟长

80岁的老汉陈孟长，是河北省鸡泽县浮图店乡南庄村人。陈老汉夫妇共养育了六个儿子，可老两口终其毕生精力也只能给四个儿子娶上媳妇，其中五儿子到外村做了"上门女婿"，三儿子陈其军五十多岁了仍是单身一人。更为不幸的是，2005年农历十一月初一，孤苦伶仃的陈其军遭遇车祸死亡。按照当地习俗，那些未娶妻就去世的"光棍"，如果不娶"鬼妻"，死后就不能入祖坟。这个古老的习俗在新中国成立后一度销声匿迹，然而近些年来，又渐渐兴盛起来。

为了不让儿子在死后落得个孤魂野鬼的凄凉下场，住的是40年前盖的土房、每天的生活费不超过3块钱的陈老汉，决定用儿子的车祸死亡赔偿金为儿子买一个"鬼妻"。

陈其军死后第13日，有人给陈家送来了一具死亡不久的年轻女尸，节俭一生的陈老汉以14000元的高价买了下来。当时陈老汉一家觉得这么快就能娶到这么合适的"鬼妻"，也担心是别人偷来的女尸，怕惹上麻烦，不过想到帮他牵线搭桥买"鬼妻"的是自己的亲外甥，并且外甥还拍胸脯保证绝对没有问题，陈老汉也就不再刨根问底，追究"鬼妻"的来源是否合法了。

然而，陈老汉万万没有料到，事情比他怀疑的要严重得多。他为儿子所娶的"鬼妻"是一个名叫宋天堂的杀手掐死的第四个人。出生在河北临漳县习文乡仁寿村的宋天堂，为了卖"鬼妻"获利，起初专盗埋葬女子的坟墓，并因盗墓被判刑5年。出狱以后，宋天堂并没有改邪归正，由于当地已实行火化，通过挖坟盗尸儿无可能，而当地娶"鬼妻"之风却越来越盛，价格越来越高。于是，为了得到"货源"，宋天堂开始把目光瞄准活人，干起了杀人卖尸的犯罪勾当。到案发时，宋天堂共杀六名女子卖给他人为"鬼妻"，获利近两万元。

2007年年初，宋天堂杀人案告破。2007年农历正月底，临漳县的警察来到村里，将陈家三儿子和其"鬼妻"的坟挖开了。陈老汉夫妻认为，已经入土的儿子被挖坟开棺已属"不吉"，加上警方验尸导致"鬼妻"身上多有划痕，这越发让老两口恐惧不安，担心给家里带来"霉运"。更让陈老汉沮丧的是，丧事的具体操办者四儿子因案件牵连，还被警方带走，最后交了一万多元罚款才被放回家。经过这样一番折腾，陈老汉夫妇不仅精神上受到打击，而且得到的车祸赔偿款也所剩无几，陈老汉一家后悔莫及。

【点评】由于当前农村根深蒂固的丧葬文化，以及人们精神世界的贫瘠，娶"鬼妻"配"阴婚"这种带有极强封建迷信色彩的陋习，仍在个别地方大行其道，以致一些利欲熏心之徒铤而走险，杀人卖尸。因此，在人们物质生活逐渐富裕的同时，更应该丰富其精神生活，加强崇尚科学、破除迷信、移风易俗的宣传教育。

（冷毛玉　编稿）

真理只有一个，它不在宗教中，而是在科学中。

——［意大利］达·芬奇

科学研究能破除迷信，因为它鼓励人们根据因果关系来思考和观察事物。

——［美国］爱因斯坦

被愚昧扼杀的潘娟丽

　　潘娟丽，浙江省海宁县郭店镇群益村的一名小学生，活泼可爱，与任何一个同龄的孩子一样对世界充满了好奇，盼望着快快长大，盼望着了解外面的世界，可惜她再也没有这样的机会了。

　　6月的一天，小娟丽突然发起了高烧，妈妈以为她只是患了感冒，就自行给她服用了几片药，结果病情非但没有好转，反而更严重了。按道理这时应赶快将她送医院进行检查治疗，但娟丽的妈妈迷信思想非常严重，认为小娟丽必定是"中了邪"，不相信医院和科学的她执意要找邻村的"神婆"来治病救命。

　　这个"神婆"上门后，眼睛微闭，口中念念有词，似乎在念所谓的咒语。就这样装神弄鬼一番后，她对娟丽的妈妈说，娟丽是鬼魂缠身。娟丽妈妈深信不疑，赶紧向她求救。"神婆"金口一开说："只要念一堂佛，放一碗饭在房屋的西北方向，再摆上十盅酒，病情便会好转。"临走时，"神婆"还拿出一盅据说是"仙水"的液体让娟丽服下。

　　娟丽的妈妈按照这个"神婆"的指点，叫了八个老奶奶念了一天佛，又请神又敬鬼，丝毫不敢怠慢。然而娟丽的病非但不见好转，反而越来越严重。到了第三天,小娟丽已经处于昏迷状态。这时,小娟丽的家人看情况不对,才急忙将昏迷中的小娟丽送往医院,但是为时已晚,几天的耽误已经错过了最佳抢救时机。本来得的只是肺炎的小娟丽,就这样被愚昧无知夺去了宝贵的生命,本来一心一意希望女儿健康的母亲,却成了害死女儿的帮凶。

【点评】一些愚昧无知的人把香灰符水当作包治百病的灵丹妙药,把治病救人的希望寄托于神佛的保佑,这种对科学的无知、对鬼神的迷信,断送了多少无辜的生命,希望这些惨痛的教训让人警醒。

(蔡慧 编稿)

每个人都有错，但只有愚者才执迷不悟。

——［古罗马］西塞罗

知识不存在的地方，愚昧就自命为科学。

——［爱尔兰］廷德尔

"算命先生"陆福毅

2006年5月20日，陕西省渭南市公安局临渭分局接到报案，在距城区30公里远的农田里发生了一起命案，一个看上去六十多岁、身材矮小的老汉被人用钝器杀死在麦地里。

经警方多方调查，证实死者叫陆福毅，69岁，山东运城县人，是当地小有名气的算命先生。让大家费解的是，这个山东人怎么会死在一千多公里之外的渭南呢？

警方的调查一步步揭开了案件的真相：

16年前，陆福毅曾经给附近一个村子里的谷传林夫妇算过一次命，对这对夫妇说他们家房屋桩基不好，住的时间长了就会家破人亡，必须远走高飞，并且指示谷传林夫妇要从山东郓城举家搬迁到陕西渭南。结果这对一贯迷信的夫妇还真按照他的说法，拖儿带女地搬到陕西渭南。

谷传林一家来到陕西，既没有户口，也没有土地，只好靠捡破烂为生，日子过得十分艰难。儿女都到了婚嫁的年龄，却没人敢和他们结亲家，都觉得这家人不知在老家犯了什么事才全家都搬了过来，这让谷传林夫妇愁上加愁，越想越难过，越想越窝火，都说要不是听了陆福毅的话，也不会出现这种情况。事实上，谷传林说这些话只是想发泄一下，可没想到妻子董喜莲却上了心。

一周之后，董喜莲只身一人去了山东，她要把陆福毅带到她家看看，他们家在渭南过得有多惨。带着陆福毅从山东坐火车到河南洛阳中转，然后回到渭南，一到渭南，她就给丈夫谷传林打了电话。

谷传林说，其实当初他们并没有想好该如何教训陆福毅一顿，可是偏偏在夜里赶路的时候，与陆福毅边走边聊，陆福毅的话语激怒了他们。几个人说起十多年以前的事，陆福毅态度很强硬，说谷传林夫妇当初离开是自愿的，不能怪他。此时谷传林怒火中烧，偷偷地捡起一块砖头，趁陆福毅不注意就砸了下去。

就这样，给别人算命算了几十年的算命先生，最终没能算出自己惨死他乡的结局。而迷信算命的谷传林夫妇最终选择了这样一种极端错误的手段来表达自己的醒悟。最可怜的是他们的儿女，跟着父母在外乡辛苦生活了16年，到头来看到的是父母这样一个结局。谷传林夫妇以涉嫌故意杀人罪被公安机关拘捕，他们最担心的是自己的孩子，最后悔的则是当年相信算命之类的迷信，才一错再错。

【点评】谷传林夫妇因为崇尚迷信，背井离乡，凄凉度日，最后沦为杀人犯；陆福毅算命骗人，信口开河，最后惨死异乡。这种结局，究其根源都是愚昧惹的祸。

（孙磊　编稿）

认识真理的主要障碍不是谬误，而是似是而非的真理。

——［俄国］托尔斯泰

空虚的头脑是魔鬼的作坊。

——欧洲谚语

"沙林"毒枭麻原彰晃

1995年3月20日早晨，东京的市民像往常一样匆匆走出家门，涌向地铁，赶去上班，似乎一切都平静如常。然而，8点钟左右，东京消防厅刺耳的报警电话此起彼伏，东京3条地铁线、5列列车、16个车站以及一些电车都有人报警，说他们遭到强烈刺激气体的袭击，要求快速救援。在这些车站内，人们神情惊慌，秩序大乱。每当一列地铁进站，乘客们或大声咳嗽，或用手捂住眼睛和口鼻拼命向车厢外奔逃，许多人来不及跑出月台就纷纷跌倒在地，或抽搐不停，或昏厥不醒，争相逃命的人们从倒在地上的人身上踩过，车站到处都是惊恐万状的呼救声和痛苦不堪的呻吟声。

事后，专家查明，这种杀人毒气是一种名为"沙林"的神经性毒气剂，中毒者的神经系统很快就会紊乱，意识模糊，同时身体的各个器官无法执行正常功能，然后就是出血和死亡。警方查明，毒气共造成12人死亡、约5500人受伤，一些人留下终身疾患，而制造这一杀人事件的罪魁祸首就是奥姆真理教的教主麻原彰晃。

麻原彰晃原名松本智津夫，1984年开始组织"奥姆神仙会"，1987年7月改称奥姆真理教，鼎盛时期，拥有1万名日本信徒和3万名其他国家的信徒。为了鼓吹自己"神功"无边，麻原彰晃买通一家杂志社，刊登一幅他双腿盘坐、飘浮在空中的《飘浮神功图》照片，自称是"最终解脱得道者"。与世界上所有的邪教一样，为了达到自己不可告人的罪恶目的，一方面，麻原彰晃竭力宣扬世界末日论，扬言世界已进入"恶魔支配的时代"，人类将死亡90%，而他是"最后一个救世主"，人们只有加入奥姆真理教，才可得救。于是，许多受骗信徒为了避免灾难降临，带着自己全部财产入教。另一方面，麻原彰晃用他那一套歪理邪说，控制信徒的精神，使他们对社会的认识由怀疑到恐惧，由恐惧再到绝望，进而发展为敌视社会。

麻原彰晃不满足仅当一教之主，野心勃勃地妄想成为一国之君。他首先在教团内建立起"奥姆王国"，模拟日本政府机构的组织系统，在"王国"内设置了21个部门，自封为至高无上的君主。1990年2月，他还以真理党的名义，参加了日本国会众议员竞选，却以惨败收场。一心想实现政治"抱负"的麻原彰晃，便走上了与政府对抗、以武力颠覆现存政权的道路。他购买武器，组织武装，研制"沙林"毒气，疯狂制造一系列反政府、反社会的恐怖活动。

东京地铁毒气案后，日本警方对奥姆真理教老巢进行了全面搜查，发现该教储藏的剧毒物质足可杀死420万人。在掌握了麻原彰晃和奥姆真理教的罪证后，1995年5月15日，日本警方逮捕了麻原彰晃等人。10月30日，东京地方法院下令解散奥姆真理教。2004年2月27日，日本东京地方法院对麻原彰晃进行了公开审判，宣布判处麻原彰晃死刑。

【点评】麻原彰晃披着宗教的外衣，干着反人民、反科学、反社会的邪恶勾当，严重摧毁人的精神，残害人的生命，违背社会公德，践踏国家法律，扰乱社会秩序，破坏社会稳定。麻原彰晃的所作所为再一次充分说明：邪教不除，国无宁日，人民遭殃。

（冷毛玉　编稿）

太阳在哪里，在有思想的地方；寒冷在哪里，在愚昧长期驻足的地方。

——［法国］巴尔扎克

科学的敌人并不比朋友少。

——土耳其谚语

邪恶教主考雷什

大卫·考雷什，原名弗农·豪厄尔，是美国大卫教派的最后一任教主。1959年出生于美国休斯敦，初中未毕业就辍学四处游荡。他不愿学习，擅长诡辩，谙熟《圣经》，能绘声绘色地讲述世界末日的故事。1982年加入大卫教派，先通过给教主洛伊斯·罗登的遗孀当情夫谋取权势，1987年通过内部火并夺得教主的地位。

考雷什坐上教主宝座后，进一步神化自己，自称先知，后来又自称基督转世，宣称只有忠于他的信徒才能与他一道升入天堂。为了加强对信徒的控制，考雷什在得克萨斯州科韦镇以东16公里的荒原上修建了卡梅尔庄园，作为大卫教的总部。整个庄园占地33公顷，有六栋建有堡垒、岗楼的房屋。庄园内修有地下掩体，日夜有人持枪巡逻。教徒们在这里过着与世隔绝的集体生活，每天除诵读《圣经》外，还要向教主汇报思想，学习使用武器，并从事各种劳役。考雷什在对教徒实行极端的专制主义统治的同时，自己生活也极其荒淫无耻。他还宣称1993年是世界末日，大卫教徒只有团结一致，与撒旦（美国和联合国）的恶魔进行一场"圣战"才能进入天堂。为迎接战斗，他分批购进了大量军火武器，并买回多部战斗影片让教徒们反复观看，以提高他们的战斗素质。

考雷什及大卫教的异常举动引起美国执法部门的重视，1993年2月28日，联邦烟酒和火器管理局派突击队前往卡梅尔庄园，执行搜查武器和拘捕考雷什的任务，但遭到大卫教武装人员的攻击，4人被打死，16人受伤。美国联邦调查局随即介入，出动450多名军警和数十辆坦克、装甲车包围了山庄，双方武装对峙达51天之久。4月19日，当军警和坦克冲破庄园围墙时，大卫教徒集体自焚，考雷什等86人葬身火海。

【点评】邪教是一种极端主义精神邪说，是破坏人类文明进步的毒瘤，它残害生命，危害社会，已成为一种国际公害。大卫教徒集体自焚的惨剧警醒人们，一定要崇尚科学，反对愚昧，珍爱生命，远离邪教。

（袁石根　编稿）

以辛勤劳动为荣
以好逸恶劳为耻
YI XINQIN LAODONG WEI RONG
YI HAOYI-WULAO WEI CHI

"君子无逸"，"天道酬勤"。中华民族素以热爱劳动、勤于奉献著称于世。古往今来，人们崇尚劳动，歌颂劳动，以劳动为美，以劳动为荣。正是凭着辛勤的劳动，千百年来我们的祖祖辈辈创造了辉煌的历史、璀璨的文化；正是凭着辛勤的劳动，今天我们的国家国力更加强盛，社会的财富更加丰盈，人民的生活更加富裕。

然而，随着物质生活条件的改善，有些人滋生了"好逸恶劳"的不良思想倾向。有的总想一夜成名、一夜暴富，如制造"熊猫烧香"病毒的李俊、为筹赌资绑架索财的王应才、企图贩毒致富的王民福等，就是其中的"典型代表"；有的热衷于干偷鸡摸狗、敲诈勒索、坑蒙拐骗等勾当，贪图不劳而获，如"网络大盗"白永春、游手好闲的唐孙贵等，就是其中的"杰出代表"；有的对劳动存有偏见，只愿意干"体面"的工作，宁可无所事事，也不愿意干苦活累活，如靠骗人过奢华生活的陈欣、败家子若热·贵诺等，就是其中的"鲜活教材"。

"忧劳可以兴国，逸豫可以亡身。"无数事实证明，人类的繁衍生存，离不开劳动；社会的发展进步，离不开劳动；国家的繁荣富强，离不开劳动。马克思说："任何一个民族，如果停止劳动，不用说一年，就是几个星期，也要灭亡。"劳动只有分工不同，没有贵贱之分。小到个人、家庭，大到民族、国家，坚持辛勤劳动就能兴旺发达；而好逸恶劳，会污染社会风气，败坏社会公德，是可悲的、可耻的，必须坚决予以抵制。记得小的时候常唱一首歌，叫做《劳动最光荣》；记得在小学的校园里有一堂课，叫做"劳动课"；记得每年的五月有个节，叫做"五一"国际劳动节。所有这些，都在提醒、引导着我们去热爱劳动、勤于奉献。在全面建设小康社会的今天，我们尤其要牢固树立正确的荣辱观和劳动价值观，大力倡导热爱劳动、勤于奉献的风尚。只有这样，才能用辛勤劳动的汗水、勤于奉献的精神换来幸福美好的生活。

（陈建荣　编稿）

辱，莫大于不知耻。

——［隋］王通

我从来不把安逸和快乐看作是生活本身的目的。

——［美国］爱因斯坦

乐不思蜀的刘阿斗

刘禅，字公嗣，小名阿斗，刘备之子，蜀汉后主，223—263年在位。

初为皇帝时，刘禅对诸葛亮充分信任，军国大事全权委任于诸葛亮，后听信谗言，干涉军政，使得诸葛亮多次北伐无功而返。诸葛亮、蒋琬等贤臣相继去世后，刘禅无力治理国政，宦官黄皓开始专权，迫使姜维外出屯田避乱，蜀国逐渐衰败。

公元263年，魏国分三路进攻蜀汉，魏将邓艾抄小路攻入蜀中，刘禅派诸葛亮之子诸葛瞻阻击邓艾。诸葛瞻在绵竹战死，魏军进而逼近成都。这时，姜维率领的蜀军主力还在剑阁驻守，毫无损伤。后主一听敌军逼近，慌作一团，不知所措。光禄大夫谯周力主降魏，后主竟采纳降魏的建议，反缚自己双手，出城投降邓艾，并根据邓艾的命令，下令蜀军全部投降。

刘禅投降后，被送到洛阳。司马昭封他为安乐公，赐住宅，月给用度，奴婢百人。刘禅为表感谢，特意登门致谢，司马昭于是设宴款待，并以歌舞助兴。当演奏到蜀地乐曲时，蜀旧臣们油然涌起国破家亡的伤怀之情，个个泪流满面，而刘禅却麻木不仁嬉笑自若。司马昭见状，便问刘禅："你思念蜀吗?"刘禅答道："这个地方很快乐，我不思念蜀。"

他的旧臣谷正闻听此言，连忙找个机会悄悄对他说："陛下，等会儿若司马昭再问您，您就哭着回答：'先人坟墓，远在蜀地，我没有一天不想念啊！'这样，司马昭就能让陛下回蜀了。"刘禅听后，牢记在心。酒至半酣，司马昭果然又发问，刘禅赶忙把谷正教他的话学说了一遍，只是欲哭无泪。司马昭听了，说："咦，这话怎么像是谷正说的?"刘禅惊奇道："你说的一点不错呀！"司马昭及左右大臣全笑开了。司马昭见刘禅如此老实，从此再也不怀疑他。刘禅就这样在洛阳安乐地度过了余生，传下了这令人捧腹的"乐不思蜀"典故。

【点评】作为一国君主，刘禅庸碌无能，被时人称为"扶不起的阿斗"。自诸葛亮死后，刘禅更加昏庸无道，贪图享乐，不理朝政，终做阶下囚，还留下了"乐不思蜀"的千古笑柄。

（晏国彬　编稿）

不奋发，则心目颓靡。不检束，则心目恣肆。

——［南宋］朱熹

人生不是一种享乐，而是一桩十分沉重的工作。

——［俄国］列夫·托尔斯泰

"蟋蟀宰相" 贾似道

贾似道，字师宪，台州（今浙江临海）人。南宋末权臣，当政期间不顾国家安危，穷奢极欲，使南宋迅速走向灭亡。

贾似道出生在一个小官吏家庭，从小不喜欢读书，好吃懒做，整日在外游荡，不是喝酒就是赌博。后来依靠父亲的恩荫当上了管仓库的小官，但他对这个又苦又累的活非常不满意，他的理想是过既有钱又有权的生活。他有一个姐姐是宋理宗的贵妃，他通过这层关系在官场上平步青云，担任参知政事及知枢密院事等要职，负责指挥国家的主要军队和护卫边疆。然而，他从不关心国家大事，只想着吃喝玩乐，经常带着一批歌女在西湖上喝酒作乐。有一天晚上，宋理宗在宫中登高眺望，看到西湖灯火通明，就对左右侍从说："这一定又是贾似道。"叫人去探听果然是他。

当时蒙古已经灭金，准备集中全部兵力消灭南宋。公元1259年蒙古兵分三路大举攻宋，1271年围攻襄阳，鄂州、江州、安庆相继失守。对这些紧急情报，贾似道严加封锁，不让皇帝知道，有个官员上奏章告急，奏章落在贾似道手中，那个官员马上被革职了。有一天上朝的时候，宋度宗问道："听说襄阳被蒙古兵已经围了三年，该怎么办才好？"贾似道故意装出惊讶的样子说：“我们早就打退了蒙古，陛下从哪里听到这个消息的？”度宗说是一个宫女告诉他的。散朝以后，贾似道查明了那个宫女，找个借口把她杀了。

贾似道靠欺骗过日子，居然做了十几年的宰相，毫无主见的皇帝还专门为他在西湖修了一栋漂亮的别墅。贾似道喜欢玩蟋蟀，他告诉身边的人他玩蟋蟀的时候，不管多么重要的事情都不能去打扰他，他在西湖家里玩乐的时间大大超过了他用来处理国家大事的时间。

元军见宋朝这样腐败，决定一鼓作气将之吞灭，20万大军直逼临安，贾似道再也瞒不住了，只好硬着头皮匆匆忙忙带兵抵抗，中途又丢下宋军偷偷地跑掉了。愤怒的百官纷纷要求惩办贾似道，皇帝把他贬往循州，负责押送的县尉非常恨贾似道，把他推到粪池里淹死了。

【点评】贾似道身负重任，面对外族入侵，不仅不思进取，还采用欺上瞒下的手段来保住奢靡的生活，把人民推向痛苦的深渊，是一个地地道道的大奸臣。

（晏国彬　编稿）

取之有度，用之有节，则常足。
——［北宋］司马光
假如没有劳动这个压舱的货物，任何
风暴都会把生活之船掀翻。
——［法国］司汤达

绑架索财的王应才

2002年6月22日，陕西省靖边县发生一起绑架勒索杀人案，三名歹徒将两人绑架并杀死，而这起绑架案的主谋竟然是公安局刑警大队的前大队长王应才。

王应才，1978年参加工作，1984年进入公安系统，曾任绥德县公安局刑警大队大队长，案发前任绥德县公安局驻该县地税局税务稽查室主任。2002年初，他沾染赌博恶习，常与一些朋友聚赌且赌资巨大，并欠下高额赌债。为还赌债，6月初，王应才纠集常在一起赌博的榆林市某单位的张飞及其外甥马治国密谋绑架活动，并最终将目标定为现年六十多岁、曾是榆林市第一人民医院副院长，退休后在靖边县境内承包油井、家资颇丰的李某。

6月22日，被害人李某驾车从绥德驶往靖边，随行的还有李某一位战友的女儿杨某。当车行驶至靖边县境内时，早已在此等候的王应才等三人拦住并坐上了李的汽车。由于平时非常熟悉，李对王应才等人的突然出现并未多想，毫无防备地拉上三人一同前行。当车行驶至一僻静处时，王应才等将李某和杨某劫持，并让李给绥德的家人打电话，要其家人准备200万元。随后，为了灭口，王应才等三人将李某、杨某残忍杀害，并将尸体

就近掩埋。

李某的家人向公安机关报了案，警方根据歹徒曾打给死者家属的电话号码，将范围锁定在靖边县境内，将犯罪嫌疑人锁定在与被害人关系较熟的人群中。经过摸排走访，警方很快确定王应才等三人为重要嫌疑人员，并于6月26日在绥德等地一举将其抓获，王应才等人对犯罪事实供认不讳。

7月22日，榆林市中级人民法院第一审判庭对王应才等绑架杀人一案公开审理，法庭最终以绑架杀人罪判处王应才、张飞、马治国死刑，剥夺政治权利终身。

【点评】好逸恶劳不是无业者的专利，警徽制服也不是公务员的护身符。欲望的息止不仅在于法律的严厉处罚，更在于思想的事前净化。

（戴小宝　编稿）

一个人，如果过分地追求吃喝玩乐，整日沉湎于个人主义的小天地，那么他所追求的东西就难免有一天要成为沉重的负担，使自己深陷泥潭而不能自拔。

——吴运铎

世人往往如此，当他们不懂得生活的价值的时候，就会一味地纵情逸乐。

——［波斯］萨迪

赌徒市长马向东

　　马向东，1953年5月31日出生于辽宁省沈阳市。1970年分配到市医药公司做搬运工，随后加入中国共产党，并成为国家干部。80年代经过几次学习，最终取得了硕士学位。80年代初，先后在沈阳两家大型企业担任主要领导。之后，官运亨通，从沈阳市商业局长到市政府副秘书长，再到市长助理。1993年，马向东出任沈阳市人民政府副市长。1998年，又坐上市委常委、常务副市长宝座，分管财政、基建等诸多要害部门。

　　1996年，作为副市长的马向东去马来西亚招商引资，对方客户领着他到赌场去，从此开始了第一次境外赌博，那时还是小打小闹。后来，在一次到美国引进项目时开始迷上了赌博，在"热心人"的安排下，他走进拉斯维加斯赌场玩了几把，手气不错，赢了不少，从此一发不可收。此后，凡是出去招商引资，他必定是走一路赌一路，香港、澳门、韩国、马来西亚、菲律宾的豪华赌场里都留下了他一掷千金的身影。就连1997年在中央党校学习期间，他也忍不住伙同其赌友原沈阳市建委主任宁先杰多次溜到香港、澳门进行豪赌，每一次输赢都是十几万、几十万。"一到赌场，就控制不住自己。输就输它个精光，赢就赢它个痛快。"这是马向东向别人炫耀的赌风。然而与别人不同的是，马向东始终都是赢家。因为他手中握有副市长的权柄，每到赌场，早就有人为其买好筹码。输了自有人做东，赢了则一律装进自己的腰包。从1998年2月到1999年6月，马向东与宁先杰到香港、澳门等地豪赌十余次，将宁先杰向沈阳私企华阳物业集团老总高某索取的50万美元挥霍殆尽。

嗜赌成性的马向东不仅到赌场上去豪赌，而且随时都可以开赌。1997年的一天，马向东去北京开会，晚上他叫来了几个三陪小姐，并要与小姐赌色子。马向东输了，给小姐一百块钱；赢了要小姐脱衣服，赢一把脱一件衣服。

1999年6月，马向东等人在澳门豪赌的摄像资料被送到中纪委，7月2日马向东等人被中纪委"双规"，接着被辽宁省检察机关立案。审查中发现马向东等人除赌博外，还涉嫌私分12万美元、挪用40万美元以及其他贪污受贿等犯罪事实。2001年12月9日，马向东被南京市中级人民法院判处死刑。

【点评】自古以来，因赌而倾家荡产、因赌而逼良为娼、因赌而干出非法勾当的事情，不断在日常生活中发生。然而还有不少人因一个"贪"字，掉入无底深渊，断送了美好的前程。马向东当了副市长之后，开始追求享乐而刺激的生活，沉迷赌博而不能自拔。最终，赌掉了自己的大好前程，断送了自己的性命。

（肖文华　编稿）

遵照道德准则，生活就是幸福的生活。
　　　　——［古希腊］亚里士多德
黄金做的枷锁是最重的。
　　　　——［法国］雨果

带领全家贩毒的王民福

　　2007年12月12日凌晨1时许，郑州市中原公安分局电厂路派出所副所长刘滢，带着民警在辖区巡逻。当行至化工路与西环路交叉口时，刘滢突然看到一辆红色富康出租车行进中左右摇摆，根据经验，该车司机是酒后驾车或是遇到歹徒抢劫。

　　刘滢立即打开警灯和警报，正左右摇摆的出租车听到尖锐的警报声后，突然加速沿西环路向北飞驰。刘滢驾车追赶，在郑州市高新区入口处将其拦下，出租车内只有司机一人，无饮酒迹象，经调查，这名叫王长河的男子原来是毒瘾发作。在派出所，王长河痛哭流涕地向民警讲述了父亲王民福引诱他吸食毒品、带领全家贩毒的全过程。

　　十年前，王长河下岗待业，长期在家无所事事，当时已经六十多岁的父亲王民福整天骂他没本事。有一次他突然肚子痛，父亲王民福给了他一包"黄皮"（一种毒品），后来就逐渐染上了毒瘾。

　　为了实现以贩毒发家致富的"宏图大计"，王民福授意王长河发展自己的"客户"。很快，王长河的姐姐王惠琳和姐夫张长法成了他的"下线"。王民福也把大儿子王长更和亲侄女王爱花拉到了自己的手下。

　　一家人要吸食毒品，更想一夜暴富，仅靠正常收入肯定不行。于是，王民福主持召开了家庭会议，制定了大力发展"下线"、以贩养吸的"致

富蓝图"。

2004年冬，王民福还把他的"女朋友"张金花发展成了自己的下线。

根据王长河的供述，2007年12月13日夜，刚刚搬到新家的王民福和"女朋友"张金花被民警抓住。当晚23点15分，正在送货的王爱花落网，随后前来取货的吸毒人员李某和张某被民警抓获。第二天上午，民警在对王民福这个家庭吸、贩毒团伙进行调查时，王民福手机里突然接到一条信息："按原计划在老地方交货。"根据王民福的交代和警察多方侦查，警方制定了周密的抓捕计划。12月15日中午，与王民福联系的毒贩也落入警方的法网，民警当场搜出了他随身携带的毒品。至此，这个家族式吸、贩毒团伙被一网打尽。

【点评】年过七旬的王民福，为了实现自己发家致富的"宏图大业"，竟然引诱亲属吸毒，带领亲属贩毒，最后落得全家锒铛入狱的可悲下场。社会现实告诉我们一个颠扑不破的真理：幸福生活要靠劳动创造，诚实守法致富最光荣。

（冷毛玉 编稿）

苟非吾之所有，虽一毫而莫取。

——［北宋］苏轼

劳动可以使我们摆脱三大灾祸：寂寞、恶习、贫困。

——［法国］伏尔泰

"富家千金"陈欣

　　东北女孩陈欣是长春一所大专院校的学生，在长春这个繁华的省会城市，这个来自一个小城、父母只是在当地做点小生意的时髦女孩却丝毫不像出自一个普通人家，看上去，倒十足是个富家的千金小姐——高档的服装、频繁更换的新款手机、给男朋友买价值万元的貂皮大衣、整天开着小车出入高档场所，她的吃穿住行都透露着富家千金的奢华与体面。然而，这一切都是陈欣通过诈骗获得的。

　　一个涉世之初的懵懂少女是如何蜕化成一个亲情冷漠的骗子的呢？让我们来看看陈欣的诈骗历史。

　　来到长春后，都市的繁华让陈欣内心很不平衡。陈欣十分羡慕有钱人的奢华生活，却苦于家境一般，很难满足她的要求，于是她就想到了骗。更让人吃惊的是，陈欣骗的都是自家的亲戚。最先受骗的是陈欣的三姨，三姨的女儿成绩一般，但很想当空姐，陈欣满口答应说能帮上忙，并称自己有个空姐朋友，能量很大。于是陈欣以送礼交纳建校费、抵押金等理由不断地从三姨家里拿钱。为了女儿的前途，每次三姨都毫无怨言地掏腰包。一年的时间里，陈欣从三姨家共计拿了12.88万元。但这些钱她根本就没有用到为三姨的女儿找工作上，而是全部供自己和男友挥霍。

为了能够维持这样奢华体面的生活，陈欣又盯上了自己的四姨夫。四姨夫因居住条件较差正准备买一套房子，陈欣便告诉四姨夫说朋友在长春有一套廉价的房子正要出售，只需8万块钱就能买下来，但是需要四姨夫先拿出5万块钱作为抵押金，四姨夫欣然答应，可钱一落到陈欣手上便没了音信。

　　一年过去了，三姨女儿的工作、四姨夫的房子都没有着落，而陈欣从小乖巧懂事，学习又努力，家里没有一个人怀疑是她出了问题，大家都觉得陈欣是被别人给骗了，于是亲戚们一起向警方报了案。警方经过查证，钱都是被陈欣骗走的，并按照诈骗行为追究她的法律责任。

　　【点评】年轻人应该用诚实和勤奋去编织自己的理想，而不是用欺骗和懒惰去编织皇帝的新装。

（罗小妹　编稿）

与不善者交，如入鲍鱼之肆，久而不闻其臭。

——谢觉哉

把"德性"教给你们的孩子：使人幸福的是德性而非金钱。

——［德国］贝多芬

狂吸滥赌的刘云军

刘云军，1973年出生于山西省定襄县杨芳乡，是该县信用联社退休主任刘时明的独子，一出生便得到全家人百般宠爱。由于生活优裕，身在农村的刘云军读到初中毕业就再也不愿上学。1990年，在其父的安排下，17岁的刘云军进入县信用联社当会计。两年后，刘云军被诱入地下赌场染上赌瘾，滥赌数日后欠下了巨额赌债，最后其父请朋友四处斡旋，以四处筹集到的40万元为"代价"，将这个"败家子"从赌场赎回。

1995年，定襄信用联社有指标去省农行干部学校学习，刘云军获得到太原学习的机会。"深造"归来后，刘云军表面上"懂事了"，但只是变得比以前更善于伪装自己。1999年，好赌的刘云军又悄悄地吸食毒品，被其父发现后，送进戒毒所强制戒毒，但未成功。2003年，爱子心切的刘时明又给他在北京朝阳区开了一个游乐中心，但刘云军不安心经营，经常偷偷返回定襄买毒品，看到儿子无药可救，心力交瘁的刘时明无奈地宣布与他"彻底断绝经济关系"。

2006年冬天，失去经济来源的刘云军开始抵押自己的手机等物品以换取毒品，不久物品当尽，毒品供应面临"断粮"，便开始谋划抢劫和他父亲交好的"大款叔叔"们。屡屡资助他的山西钰欣铸锻有限公司董事长、千万富翁李宝玉成为刘云军心目中的大"债主"。于是,一场图财害命、凶残而拙劣的谋杀案就此上演了。刘云军为此准备了一把折叠弹簧刀、一根充电器的电线作行凶工具。

2月13日晚上7点多,李宝玉开着他的黑色本田车从刘家出来。刘云军拦住车说:"李伯伯,你捎我出去一下。我想去南关。"于是,从后车门上了车,坐在李宝玉背后。车到南关村,他并没有下车的意思,而是要李宝玉继续往前开。在南关村到西河头村的土路上,刘云军让李宝玉停下车,并提出要借钱,李宝玉知道他是用于买毒品,便予以拒绝。这时,刘云军凶相毕露,从后面用充电器线勒住李的脖子,残忍地将李宝玉勒死。三天后,定襄警方成功破获此案,并将刘云军抓获。2007年6月6日,刘云军被忻州市中级人民法院判处死刑。

【点评】黄、赌、毒不仅损害人的身体健康、摧毁人的道德防线,甚至可以泯灭人的良知、把人送上不归路。刘云军的教训告诫人们:远离黄、赌、毒,远离低级趣味。

（袁石根　编稿）

让我们把不名誉作为刑法最重的部分吧。

——［法国］孟德斯鸠

当人是兽时，它比兽还坏。

——［印度］泰戈尔

贩卖亲闺女的李世奎

2006年5月5日，山西省绛县横水镇派出所接到一起特殊的报案，报案者名叫李世奎，贵州省威宁县人。千里迢迢跑来山西报案的李世奎在报案材料中写道："2005年4月份，我女儿李文惠被介绍到绛县打工，一年里无任何消息，后经我多方寻找，才得知女儿李文惠已经嫁给横水镇西灌底村的曹红卫，我女儿还未满12周岁。"材料最后一句写道："救救我的女儿！"

李世奎千里寻女，声声血泪，震惊了在场的所有民警。接到报案后，民警迅速出动，在曹红卫的家找到了小女孩李文惠，并当场证实李文惠确实已经嫁给了曹红卫。民警决定将这对"夫妻"带回派出所询问。

为了求证李文惠被嫁为人妻的事实，民警通过相关部门对小女孩进行了身体检查，检查结果让所有人大吃一惊，12岁的李文惠确实有过性经历。当天曹红卫因涉嫌强奸罪被刑事拘留。

按照我国法律规定，为保护未成年人权益，少女未满14周岁，不论其自愿与否，与其发生性关系都视为强奸。曹红卫被刑事拘留以后，他的父亲拿出了李文惠家乡——贵州省小海镇松棵村村委会出具的证明材料，上面清楚地写着：李文惠，年龄17岁。这份年龄证明让办案民警觉得这背后定有蹊跷，于是进行了深入调查，获得的真实情况是：当时曹家见李文惠年龄小，提出要看一下女孩的户口本，而李世奎却说没有户口本，但有村里开的年龄证明。原来，在准备把女儿带到山西之前，心怀叵测的李世奎以方便打工为由，央求村里开出了这张年龄证明。结婚一年来，曹红卫一家始终不知道小媳妇的真实年龄，为了完成父母精心策划的这场交易，无知的李文惠一直保守着自己只有12岁的秘密。

没过多久，山西横水镇派出所又收到了一份由西灌底村送来的由一百多名群众签署的联名信和一张记录曹红卫和李文惠结婚现场的光盘。信和光盘的内容都说明，李文惠的父母不仅参加了婚礼，收了曹家1万元钱，还在婚礼结束后与曹家人拍了所谓的全家福。这些都证实了李文惠并不是被别人拐卖，而是被自己的亲生父母卖了。12岁的李文惠就这样懵懵懂懂地做了"新娘"。

李文惠老家的群众反映，李世奎夫妻不爱劳动，长期东游西逛、游手好闲，家庭很贫穷，只有一间小土房，他把女儿"嫁"到山西后，花8000元左右，回家盖了三间平房，按他家的经济状况，根本没有这个实力，这也间接证明了李世奎卖女儿的事实。

事情败露后，李世奎很快带着女儿离开了山西，不知所终。曹红卫在不知道李文惠真实年龄的情况下和她结了婚，因此强奸罪名证据不足，检察机关改刑事拘留为监视居住。可怜的李文惠就这样被亲生父母断送了花样年华。

【点评】虎毒尚且不食子，而毫无人性、好逸恶劳的李世奎却把女儿当作摇钱树，精心策划这场卖女悲剧。他虽然暂时逃脱了法律的惩罚，却逃脱不了道德、良心的谴责。只有根除买卖婚姻的陋习，妇女婚姻自主的权利才能得到保证，李文惠这样的悲剧才不会重演。

（冷毛玉　编稿）

任何一个民族，如果停止劳动，不用说一年，就是几个星期，也要灭亡。

——［德国］马克思

世间没有任何一种具有真正价值的东西，是可以不经过艰苦辛勤劳动而能够得到的。

——［美国］爱迪生

游手好闲的唐孙贵

唐孙贵，1986年生于西安宁强县，阳平关镇赖马沟村村民。他自幼好逸恶劳，偷鸡摸狗，不务正业，一心只想着天上掉馅饼，希望不付出自己的辛勤劳动就能酒足饭饱甚至挥霍享受。

2007年8月8日，无所事事的唐孙贵在阳平关火车站附近游荡时，看见一小饭馆人来客往生意兴隆，他脑瓜子便迅速地转起来了，想找机会捞点油水。不久唐孙贵找到那家饭馆的老板夏某毛遂自荐，撒谎说自己学过烹饪，想在饭馆帮厨，可以不要工钱，只要管吃住就行。当时正缺厨师的夏某喜出望外，立即就让唐孙贵炒了几个菜来尝尝，凭着几分聪明，唐孙贵按老板的要求炒了几个小菜，老板吃后觉得味道还不错，而且不付工钱就可以请到一个厨师，便答应了唐孙贵在饭馆干活的请求。同月10日晚上夏某交电费时，唐孙贵偷窥到老板从卧室床头柜抽屉里取钱的过程，便产生了盗窃的念头。12日8时许，趁老板夏某外出买菜之机，唐孙贵从货架上找到钥匙，进入夏某的卧室，打开抽屉，盗得现金10900元后便立即收拾包袱逃往四川广元。

唐孙贵先携赃款独自一个人到九寨沟旅游，游完后便返回了广元。在

广元一家美容美发店里，唐孙贵结识了"小姐"梁某，并与其讲好价钱，以每天付给梁500元的价格带她重游九寨沟。为了博得梁某的欢心，唐孙贵慷慨地花费6000余元为她购买了衣服、化妆品和手机等物品。但是没过多久唐孙贵盗窃的那些钱就挥霍殆尽了，梁某也发现他只是穷光蛋一个，待他的钱用光之后便弃他而去。

8月29日，唐孙贵逃至广元市朝天区大滩镇。岂料冤家路窄，在那里他与四川籍饭馆老板夏某撞了个正着，当即被夏某扭送到大滩镇派出所。经审讯，唐孙贵对其盗窃夏某现金的犯罪事实供认不讳，而且供认在此之前也行窃过，这次他终于受到了应有的惩罚。

【点评】唐孙贵好逸恶劳，妄想天上掉馅饼。然而，偷鸡不成反蚀把米，就是那"馅饼"把他送进了监狱。要知道，世上没有免费的午餐，只有付出了劳动才会有收获。

（钟红兰　编稿）

没有什么东西比懒惰和贪图享受更容易使一个民族奴颜婢膝的了，也没有什么比辛勤劳动的人们更高尚的了。

——［马其顿］亚历山大

懒惰是一种毒药，它既毒害人们的肉体，也毒害人们的心灵。

——［英国］伯顿

异想天开的斯洛

英国有个很懒的农夫，名叫斯洛，他家在一座面向哥汉市的小山上。一天，他把许多装有奶酪的桶往小车上搬，准备推到市场去卖。

"每天都这样，工作，工作，工作……哪一天不用推这些笨重的东西就好了！"斯洛只顾自言自语，一不小心，一桶奶酪咚咚咚地朝山下滚去。

"喂！你想到哪里去？快给我滚回来！"斯洛一面喊着，一面去追赶那桶奶酪。跑着跑着，他的脚步渐渐慢了下来，最后干脆停住了，心想："噢，莫不是这桶奶酪见我太吃力，想自己滚到市场去吧？既然这样，我为什么不让所有的奶酪都向它学习呢？这样，我不就可以先美美地睡一觉，然后再到市场上看看谁买了我的奶酪，再向买的人收钱了吗？对，就这么办！"斯洛高兴起来，连忙跑回去，把所有的奶酪都一桶一桶往山下推，嘴里还在说："让我们在市场上再见吧！"

斯洛回到屋里，甜甜地睡了一觉，醒来后就下山到市场上去了。在山脚下一个叫乌里斯的农夫的屋子前面，斯洛看到了一道道奶酪桶滚过的印子。"早安，乌里斯，近来好吗？"斯洛愉快地跟他打招呼。"好极

了！"乌里斯回答，"今天早上我把牛儿牵出来挤奶，你猜怎么着？牛儿们已经把奶汁都变成一桶桶的奶酪啦！但奇怪的是：为什么牛儿们的脚都受了点伤，就好像被什么东西压过似的？"

"可能是它们在做奶酪时不小心扭伤的吧。"斯洛微笑道，"今天我也碰到了一件高兴事儿，我的奶酪怕我太吃力，全自动滚到市场上去了。我可以自个儿轻轻松松地走到市场，不必再花力气去推那些笨重的奶酪啦。""是吗？那看来我们都交上好运了。"乌里斯高兴地说。

和乌里斯告别后，斯洛来到了市场上。可是他并没有看见自己的奶酪——因为它们早就全滚到乌里斯家里去了。

"你买我的奶酪了吗？"斯洛逢人便问。"没有。"人人都这么回答，"我连见都没见过你的奶酪。"

斯洛猜想，也许那些笨蛋奶酪全滚到更远的约克镇去了吧？于是决定到约克镇去找。约克镇也没有一个人见过斯洛的奶酪，他只好又大老远地走回哥汉市。走到乌里斯的家门口时，他实在累得不行了，只好停下来休息一会儿。

"我实在搞不懂，那些该死的奶酪到底到哪里去了呢？你看我今天所干的，可比推那辆满载奶酪桶的车子还要辛苦一百倍呢！"斯洛可怜巴巴地诉苦道。"这真是太不幸了！"乌里斯对他的朋友很同情，"我也是一样的倒霉。你瞧，这些牛早上还变出许多奶酪来，怎么现在它们只给我奶汁了呢？"

"真见鬼了！"两人不约而同地叹息起来。

【点评】懒惰是一种精神腐蚀剂，因为懒惰，人们不愿意爬过一个小山冈，不愿意去战胜那些完全可以战胜的困难。这个故事虽然有些夸张，但它说明了一个道理：懒人终究要为自己的"懒"付出代价。只要具有不畏劳苦、敢于拼搏、锲而不舍、坚持到底的劳动品质，无论干什么事情，就能在竞争中立于不败之地。

（吴峰 编稿）

一夕信竖儿，文明永沦歇。

——［唐］李贺

我觉得人生求乐的方法，最好莫过于尊重劳动。一切乐境，都可以从劳动中得来；一切苦境，都可以由劳动解脱。

——李大钊

装神蒙人的基山

在印度的拉尼普地区，60多岁的富翁桑托什·辛格·帕特尔有五个如花似玉的女儿：大女儿索布哈25岁，获得历史学硕士学位；二女儿苹基23岁，获得文学学士和教育学学士学位；三女儿里娜18岁，已通过了印度教育系统考试。另两名14岁和15岁的女儿目前正在读中学。2001年，二十出头的基山来到桑托什家当仆人，他的工作是起早摸黑地在农田帮主人家干农活。第二年，一字不识、一心想过富裕生活的基山声称自己拥有超自然的力量，是象征丰收和幸福的印度克利须那神"转世"。桑托什对基山的"神力"十分信服。为了过上和主人桑托什一样富裕的生活，2003年某天，基山告诉桑托什，他拥有的某处地产上，藏着一个价值连城的大宝藏，找到这个宝藏的条件是桑托什的一个女儿能够生一个男孩"取悦神灵"。基山还向主人许诺，如果能将大女儿索布哈嫁给他，他可以确保让她生一个儿子，从而就可以找到这批大宝藏。财迷心窍的桑托什竟然相信基山的话，将硕士研究生毕业的大女儿下嫁给文盲仆人基山。然而，天不如人愿，一年后，索布哈生下了一个女儿。基山又对桑托什说，由于索布哈没能生下儿子，这批宝藏仍然难以找到。为了尽快找到宝藏，桑托什在

基山的忽悠下，又将自己的二女儿嫁给他为妻。让桑托什喜出望外的是，2005年，二女儿终于生下了一个儿子。然而，基山却说，由于时间过去得太久，这批宝藏已经移了位置，桑托什要得到这批宝藏的唯一办法就是将三女儿也嫁给他，再生一个儿子。一心想得到宝藏的桑托什于是又将18岁的三女儿里娜嫁给基山，成了他的第三位妻子。娶了富翁三个女儿的基山，同他三个妻子共同生活在桑托什家的豪宅里，过着他梦寐以求的富裕生活。最近，印度一个专门致力于破除迷信的非营利组织的成员来到桑托什家，试图帮助他们揭穿基山的骗局，却遭到桑托什和三姐妹的一致抗议。桑托什坚持说女婿就是克利须那神，如果三女儿不能为基山生下儿子，为了得到这批宝藏，他还会把两个正在读中学的女儿也嫁给基山为妻。

【点评】一心想过富裕生活的基山，装神骗人，实属不道德。而富翁和三个受过良好教育的女儿，却心甘情愿被骗，与其说是对神的敬畏，不如说是对财富的贪婪。人无贪心，才能心明眼亮，任何骗局都无法得逞。

（冷毛玉　编稿）

民生在勤，勤则不匮。

——［春秋］左丘明

节俭是你一生中食之不完的美筵。

——［美国］爱默生

"败家子"贵诺

　　若热·贵诺，1916出生在巴西首富之家。父亲爱德华多·贵诺从法国移民到巴西，白手起家，积累了20亿美元的家业，拥有巴西最大港口桑托斯港。继承父亲财产坐拥亿万家财的若热·贵诺挥金如土，梦想在死前花尽钱包里的最后一分钱！最终他提前超额完成了任务。

　　若热·贵诺一生就没正儿八经地干过什么工作。他二十多岁时曾经在纳尔逊·洛克菲勒的公司里做过一份消遣性的差事，就是审阅好莱坞剧本，以防把巴西首都写错，或者把巴西人说成是讲西班牙语的。

　　在追求好莱坞女明星方面，若热·贵诺却不遗余力，放言要"追到世界上所有的美女"。他几乎将所有的时间和金钱都花费在风月场上。风流成性的他流连于里约热内卢、好莱坞、纽约和巴黎的高级俱乐部。由于出手阔绰又风度翩翩，他很快成为好莱坞名人，许多大牌明星趋之若鹜，其中不乏玛丽莲·梦露、丽塔·海华斯和赫迪·拉尔马等红极一时的影星。身高只有165厘米的他能与女明星绯闻不断，别无他法，只有靠金钱铺路。一次，拉尔马说她喜欢一幅毕加索的画，为了博得美人欢心，他连价格都不问就签了一张空白支票，事后方知花了数十万美元。1962年，若热·贵诺特意从巴黎购买了价值上百万美元的珠宝赶到美国，想送给玛丽莲·梦露。当他下飞机时，却听说梦露自杀了，他立即把珠宝送给另外一

个女明星。当时的媒体把他和美国富商霍华德·休斯、希腊船王奥纳西斯并称为"世界三大败家子"。但当有人要求若热·贵诺把自己与其他著名花花公子相比较时，他大言不惭地说："他们犯了一个极大的错误，他们工作……而我交往的女人品级要（比他们的女人）好得多。"

这个"天下第一败家子"终于尝到了贫穷的滋味。由于"计算有误，提前花光积蓄"，若热·贵诺生命的最后15年穷困潦倒，与子女居住在里约热内卢一个偏僻街区的小公寓里，靠政府的失业救济金与一些朋友的接济勉强度日，2004年在贫困中黯然辞世。

【点评】若热·贵诺，这个曾与当红明星出双入对、与希腊船王称兄道弟、与美国总统谈笑风生的花花公子，最后穷困潦倒、晚景凄凉。他的荒唐一生清楚地告诫世人：对于一个好逸恶劳的败家子，无论留给他多少家产都是不够的。人们在唏嘘之余，应该记住奥利维拉在若热·贵诺葬礼上的致辞：但愿他是最后一个花花公子！

（余永和　编稿）

以团结互助为荣
以损人利己为耻

YI TUANJIE HUZHU WEI RONG
YI SUNREN-LIJI WEI CHI

团结互助，作为一种优良的思想道德和行为，表现于社会生活的各个方面各个层次。如亲友间的骨肉相依、同命相连，朋友间的互相扶持、患难与共，民族之间的平等互助、友好往来，等等。古往今来，无数历史经验证明：团结一致，上下齐心，共同奋斗，能激发极大的热情，迸发巨大的能量，创造伟大的业绩。无论一个家庭、一个团体，还是一个民族、一个国家，只有团结，才会越来越和谐；只有团结，才会越来越繁荣。

与团结互助相反的是损人利己，也就是靠损害他人的利益从而达到利己的目的。这不仅是一种自私的思想观念，也是一种损人害人的错误行为。以个人利益为重，对自己有利就干，对自己没利就不干，见利忘义，唯利是图……这些人的恶行可能得逞一时，最终必将以损人开始，以害己告终，或被他人所遗弃，或被群体所淘汰，搬起石头砸自己的脚。

社会生活无论多么复杂，说到底是由各种性质、各种层次、各种方式的人际交往组成。当前，我们大力倡导社会和谐，就是要努力创造人人心情舒畅、处处温暖和谐的社会环境。这就需要每个公民都从自己做起，从小事做起。当有人遇到困难时，能一方有难，八方支援；当相互之间有了分歧时，能坦诚相待，求同存异。这种融洽友善的人际关系，不仅可以使我们心情愉悦，更能促进社会的文明进步。

一枝独放不是春，万紫千红春满园；一叶孤帆难远航，千帆竞发才壮观。让我们高扬团结互助的旗帜，一起迈向胜利的彼岸，徜徉和谐的春天！

（彭海宝　编稿）

君子与君子以同道为朋；小人与小人以同利为朋。

——［北宋］欧阳修

衡量朋友的真正标准是行为而不是言语，那些表面上说尽好话的人实际上离这个标准正远。

——［美国］华盛顿

嫉贤妒能的庞涓

庞涓，战国时期魏国有名的大将，曾与齐国人孙膑一起学习兵法。

战国初期，魏国首先成为最强大的国家。魏惠王即位后，励精图治，广招贤才，庞涓前去投奔，因为他能言善辩，治军有方，很快得到重用，被任命为将军。庞涓春风得意，但他心里仍有一丝隐忧，因为这个世界上还有一个比他军事才能更高的孙膑。于是，他决定设计除掉孙膑。他写信给孙膑，说魏国要任命他为大将，骗孙膑入魏。孙膑入魏后，魏王果然对他很敬重，跟庞涓商量着封孙膑为副军师，同掌兵权。庞涓最忌讳的就是这种情况，表面上却说："孙膑初来，尺寸之功未立，不如先拜为客卿，待建立功绩、获得国人尊敬后，直接封为军师。"魏惠王觉得庞涓的分析合情合理，就同意了。客卿并无实权，只空享一种较高的礼遇而已，但这件事已经让庞涓真切地感受到了威胁，他对孙膑非常妒忌，便阴谋迫害他。

不久后的一天，孙膑府上来了一个齐国口音的人，自称奉命带家信来见孙将军。孙膑热情接待了此人，流泪看完家信后提笔写了回信，说在魏国很好，要在建功立业后再回家乡团聚。没想到这个老乡和家信都是庞涓

安排的，他模仿孙膑笔迹又添了几句话："投奔魏国乃不得已，希望回国为齐王效力！"庞涓又设计一个阴谋，装出一副关心孙膑的模样，让他向魏王请假回家乡扫墓。孙膑不知是计，照庞涓安排而行，结果激怒了魏惠王，被投入监狱。庞涓想让孙膑终身残疾，不为人所用，于是剔去他双腿的膝盖骨，还在他脸上刺了字。

后来齐国使者出使魏国，孙膑以刑徒的身份暗中求见，齐使被他的军事才能所折服，偷着把他运回齐国，很快得到齐威王的赏识，被任为军师。公元前354年，魏派庞涓围攻赵国都城邯郸，赵向齐国求救。第二年，齐国派田忌为将，孙膑为军师，率军救赵。孙膑趁魏国国内兵力空虚，率兵直走大梁，逼使庞涓回兵来救，孙膑在桂陵（今山东菏泽）以逸待劳，大败魏军，擒庞涓。公元前341年，孙膑又指挥著名的马陵（今山东郯城马陵山）之战，利用魏军轻视齐军的弱点，用减灶法诱敌深入，一举歼灭10万魏军，俘虏魏太子申，庞涓自杀。孙膑的名气传遍了各诸侯国，他写的《孙膑兵法》一直流传至今。

【点评】在与优秀者竞争的压力面前，庞涓不是努力提高自己的能力和水平，而是妒贤嫉能，残害同门。庞涓兵败自杀，死有余辜。由于他的所作所为，导致魏国从强国变成了弱国，严重损害了国家利益。

（孙丽　编稿）

人世间的煊赫光荣，往往产生在罪恶之中，为了身外的浮名，牺牲自己的良心。
——［英国］莎士比亚

自傲使人卑贱，野心使人穷凶极恶。
——［法国］斯达尔夫人

跋扈将军梁冀

梁冀，字伯卓，东汉安定乌氏（今甘肃平凉西北）人，是汉顺帝、汉桓帝两代皇后的兄长。汉顺帝永和六年（141年），梁冀的父亲大将军梁商死，梁冀接替大将军之位，开始专权。144年8月，汉顺帝死，年仅两岁的冲帝即位，梁冀的妹妹梁太后临朝称制，他更是有恃无恐。第二年正月，冲帝死，为了继续把持权力，梁冀力排众议，扶立八岁的汉质帝。质帝虽小却非常聪慧，有一次在朝堂上看着梁冀说："此跋扈将军也。"恼羞成怒的梁冀派人毒杀质帝，扶立15岁的汉桓帝，并诬杀朝中正直大臣李固、杜乔等。此后梁冀更加凶暴，事无巨细都由他把持，亲信遍布宫廷内外，百官升迁要先到他家里去谢恩。

有两件事最能体现梁冀的骄横跋扈。汉桓帝即位后，宛县（今河南南阳）县令吴树，赴任前按照惯例来向梁冀辞行。梁冀要求吴树关照他在宛县的众多宾客，吴树回答说："对那些干坏事的小人应该赶尽杀绝。大将军作为皇后的亲兄长，身处高位，应当尊崇贤良，以对朝廷有所帮助。宛县的读书人很多，但自我任官以来，却从未听说有一个贤能的人得到任用，而您现在向我请托的又多是一些奸诈的小人，请恕我不能从命！"吴树说到做到，到任后收拾了梁冀爪牙中为害最甚的几十人，梁冀对他恨之入骨。后吴树升任荆州刺史，仍去梁冀处辞别。梁冀特意摆下"鸿门宴"，在酒中下毒，致使吴树死在回家的车上。

延熹二年，梁皇后死，为巩固自己的权势，梁冀认当时最受桓帝宠爱的贵人邓猛为女儿，改姓梁。为防止邓猛的家人得势，梁冀先派刺客杀死她的姐夫——议郎邴尊，接着又要刺杀她的母亲宣。刺客登上宣邻居的屋顶后被发现，宣跑入宫中向桓帝哭诉，桓帝大怒。本不甘心做傀儡的桓帝，依靠身边的宦官势力诛杀梁冀，清除了外戚梁氏势力。横行弄权近二十年的梁冀终于得到应有的下场。

【点评】跋扈将军梁冀一手遮天，随意诛杀朝廷大臣，顺我者昌，逆我者亡。他骄横贪婪，对权势及财富的追求永无止境，最终玩火自焚，家破人亡。

（孙丽　编稿）

君子喻于义，小人喻于利。

——［春秋］孔子

虚伪与欺诈是一切罪恶之母。

——［美国］爱迪生

小人酷吏来俊臣

　　唐代女皇武则天为排除异己，巩固武周政权，曾豢养了一大批酷吏。他们像鹰犬一样四处活动，罗织罪名，陷害忠良，以置人于死地而后快。其用刑之严酷，手段之残忍令人发指。其中尤以来俊臣、索元礼二人最为臭名昭著，天下人恨之入骨，称为"来索"。

　　来俊臣为人凶险，非常残忍，少有人能与之相比。武则天上台后，鼓励天下告密，来俊臣认为有机可乘，乃以告密为能事。他曾在和州（今安徽和县一带）犯奸盗罪被捕入狱，于是在狱中上书告密，刺史王续一气之下，打他一百杖。为打击报复，来俊臣再次上书诬告王续，导致王续于天授年中被诛。来俊臣因多次告密有功，受到女皇召见，被提拔为侍御史。此后，来俊臣不断制造大狱。朝中大臣稍不如他意，或与自己有过节，即诬以各种罪名，打入大狱；武则天加以纵容，前后因此而被族诛者达数千家。来俊臣与侍御史侯思止、王弘义等人同恶相济，招集无赖之徒数百人，命令他们共同告密，罗织罪名，一人相告，千里响应。武则天则于长安丽景门另置推事院，由来俊臣负责审讯。凡入丽景门者，百无一还，故人们戏称丽景门为"例竟门"。意思是说，凡入此门者，一个个都得完蛋。来俊臣与其党羽朱南山等编造《告密罗织经》一卷，总结告密和罗织罪名的各种方法和经验。

来俊臣审讯"囚徒"，手段极其残忍。每次审讯，囚犯不问轻重，多以醋灌鼻，关进地牢中，或将他们盛于大缸中，周围燃上烈火加以炙烤，并断绝囚犯的食物，迫使他们抽衣絮而食，躺在粪秽之上。囚犯们备尝诸般苦毒，除非身死，终不得出狱。朝廷每有赦令，来俊臣必先派狱卒将重囚犯全部杀死，然后宣布赦令。

来俊臣所使用的刑具也是五花八门，令人毛骨悚然。如用铁笼头连上大枷系于囚犯身上，然后快速轮转，须臾犯人便闷死于地。面对这些刑具，囚犯们无不魂飞魄散，只好纷纷自诬。武则天则对来俊臣予以重赏，以示酬劳。因此一些官吏竞相使用残酷的审讯手段，告密之徒也越来越多，大臣名流朝不保夕，度日如年。

来俊臣作恶多端，引起满朝文武的恐惧和怨恨，也直接威胁到武周王朝的统治。来俊臣为独揽朝廷大权，贼胆包天，竟诬告武氏诸王和武则天的爱女太平公主。武氏诸王和太平公主深感威胁，于是共同揭发来俊臣的种种罪行，武则天只好丢车保帅，将来俊臣斩之于市，以平民愤。

【点评】来俊臣以告密诬陷为能事，换取高官厚禄。恶有恶报，损人利己的来俊臣同样逃脱不了一切恶人的共同下场。

（周兆望　编稿）

亲贤臣，远小人，此先汉所以兴隆也；亲小人，远贤臣，此后汉所以倾颓也。

——［三国］诸葛亮

狡猾是一种阴险邪恶的聪明。

——［英国］培根

助纣为虐的杨国忠

　　杨国忠，本名钊，后赐名国忠，蒲州永乐（今属山西）人，杨贵妃的哥哥。他不喜欢读书，能饮酒，好赌博，品行不端，为族人所鄙视。天宝初年，杨贵妃得宠，杨国忠凭借外戚身份，开始春风得意。数年之间，身兼水陆转运、司农、度支郎中等十五职，掌握国库钱粮。

　　天宝十一年（752年），李林甫病死，杨国忠接替为相。此时的唐玄宗整日深居宫中，怠于政事，耽于淫乐，远贤臣而亲小人，一心做个"快活天子"。他把内外大权全部交给杨国忠，杨国忠趁机大耍威风，专横跋扈。每次朝堂议事，挥胳膊捋袖子，颐指气使，公卿大臣无不畏惮。每次出行，车骑满街，节将、侍郎都要趋走回避。他经常不去丞相府办公，大事多决断于私邸。他身兼四十余职，整天发号施令，重要文书往往只签一个字，甚至责成下吏代签，因此贿赂公行。他负责选拔官吏，也是一个人说了算。当时在朝的三省六部官员，凡是有才能和声望的，只要不为他所用，一律被排挤。朝政在杨国忠一伙的把持下，变得十分黑暗。

　　身为宰相的杨国忠置百姓死活于不顾。有一年，关中一带发生严重的水涝灾害，禾稼被淹，玄宗十分忧虑。杨国忠却暗遣心腹找来一株好禾

稼，欺骗玄宗说："雨不为灾。"扶风太守房琯向朝廷上报郡中灾情，他大为恼怒，命令御史给房琯治罪。此后，各级官吏都不敢言灾情，一切都按杨国忠的意愿办。

当时特受玄宗恩宠的还有胡人安禄山，他手握重兵，专制河北，横行不奉法，早怀叛逆之心。玄宗护着他，下面的人都不敢言。杨国忠担心安禄山的地位会超过他，于己不利。于是向玄宗揭发安禄山的叛逆之状，又派人围攻安禄山在长安的府第，捕杀安的亲信李超、安岱等人，以激怒安禄山。安禄山惶恐不安，遂于天宝十四载（755年）十一月，以诛杨国忠为名，在范阳（今北京市西南）起兵15万，悍然发动叛乱。叛军很快攻破洛阳，西陷潼关，兵锋直指都城长安。

潼关失陷，唐玄宗仓皇出逃四川，到马嵬驿（今陕西兴平县西）时，随行将士发生哗变，杀奸相杨国忠，逼玄宗缢死杨贵妃。

【点评】奸相杨国忠处处损人利己，结果搬起石头砸了自己的脚，被哗变将士杀死。杨国忠之死值得人们深思，一切损人利己的人必将受到应有的惩罚。

（周兆望　编稿）

勿以恶小而为之，勿以善小而不为。

——［三国］刘备

道德常常能填补智慧的缺陷，而智慧却永远填补不了道德的缺陷。

——［意大利］但丁

争权夺利的蔡京

　　蔡京，字元长，兴化仙游（今福建仙游县）人，北宋熙宁三年（1070年）考中进士。他善于察言观色，见风使舵。进入仕途后，虽然偶有挫折，但基本上稳步升迁。当时官员根据对变法的态度分为新旧两党，蔡京在旧党执政时坚决反对新法，新党上台后，他立即反戈一击，不遗余力地打击过去的同僚。

　　支持新法的宋徽宗即位后，蔡京刻意结交皇帝的亲信宦官童贯，又用他最擅长的书法来获得徽宗的好感。同时，为取得信任，他将反对新法的官员一律斥为"元祐奸党"，大批官员被贬职，苏轼等人更被流放到当时为穷山恶水、充满瘴气的海南岛和广西等地，他甚至提出对曾在执政期间全面废除新法的司马光掘墓鞭尸。

　　崇宁元年（1102年）蔡京被任命为宰相。他先以新法的名义，大力搜刮百姓，当国库充实后，又提出国家财政充裕，国运亨通，理应穷奢极侈地享受一番。这一建议正中徽宗下怀。徽宗喜欢南方的奇花异石，为供其享乐，蔡京设立了苏杭造作局和苏杭应奉局，前者专门负责生产皇室用的奢侈品，后者专门从东南各地搜罗各种奇花异石，再用船沿着运河运送到开封，每十船组成一纲，称为"花石纲"。为显示王朝"富足"，徽宗命令铸九鼎，立明堂，修道观，建园林，宋朝立国以来的积蓄很快被徽宗、蔡京等人挥霍一空。北宋政府全年财政收入，只半年多就全花光了。

蔡京在引诱徽宗享乐的同时，也借机大肆搜刮，中饱私囊。他每年过生日，地方官送的礼物要用船来运，称"生辰纲"。他搜刮来的钱财不计其数，仅良田就达50万亩。凭借这些民脂民膏，他过着极其奢侈的生活。据史书记载，他最喜吃鹌鹑羹，每一碗要杀数百只鹌鹑才能得到合适的原料。

各种暴政使百姓对他恨之入骨，于是编民谣骂他："打破筒（指童贯），泼了菜（指蔡京），便是人间好世界。"

金军入侵时，蔡京被流放南方。南下途中蔡京携带大量财物，但是他所到之处，人们都不肯卖食物给他，并且将他围在中间责骂，地方官不得不出动衙役驱散百姓。蔡京见此情景，叹息道："我失人心，竟到了这种地步。"不久，他病饿交加，死于潭州（今湖南长沙）的一所寺庙中，而天下人都因为他没有被明正典刑而遗憾。

【点评】卑鄙的行为，纵然能得逞一时，最终却不能逃脱公正的审判。专权祸国者生前风光无限，死后却永远受到人民的唾弃。

（尚田　编稿）

俭节则昌，淫逸则亡。

——［战国］墨子

当我们胆敢作恶，来满足卑下的希冀，我们就迷失了本性，不再是我们自己。

——［英国］莎士比亚

阴险毒辣的魏忠贤

　　魏忠贤，原名李进忠，1568年生于河北肃宁。他不务正业，沉溺于赌博。有一次赌输了，一气之下，自行阉割，入宫当了太监。

　　1620年，明熹宗即位，魏忠贤被提拔为司礼监秉笔太监，一个目不识丁的睁眼瞎，占据了宫中要职。他生性猜忌、残忍、阴险、毒辣，又与熹宗的奶妈客氏相勾结，利用王体乾和李永贞两个识字的太监为他效劳，狼狈为奸，宫中谁也不敢和他作对。

　　1623年，魏忠贤兼掌东厂，权力更大，加上有客氏做内援，权势日益显赫。此时，朝中官僚派系争斗激烈，东林党派的大臣掌政，魏忠贤处心积虑地预谋狠狠打击东林党这批独掌朝政的人。在客氏不断唆使下，昏庸的熹宗渐渐从重用东林党人变为宠信宦官近侍。得到皇帝宠信的魏忠贤乘机从中弄权，勾结外廷官僚，操纵朝中一切大权，宦官专权的局面再度出现。他利用东厂和锦衣卫这两个特务机构钳制百官，镇压异己，同时大肆提拔自己的亲信，朝中文臣中有"五虎"为他出谋划策、起草诏书，武臣中有"五彪"为他捕杀、镇压异党。此外还有所谓"十狗""十孩""四十孙"等大小爪牙。从朝廷内阁六部直到各地方的总督、巡抚乃至州

县都是阉党之人，网络严密，盘根错节，势焰熏天。

魏忠贤经常外出炫耀威风。每次出行，乘坐文轩，羽幢青盖，驾着四匹快马奔驰如飞，神气十足。身着锦衣玉带、脚蹬长筒皮靴、佩着利刃的卫士跟在两边保护，厨役、优伶、百戏等紧紧相随，总共数万人，声势浩大，尘埃蔽天。经过之处，一些逢迎拍马的官员甚至呼他为"九千岁"，魏忠贤高傲得连看都懒得看他们一眼。

"一人得道，鸡犬升天。"魏忠贤的弟侄亲朋一个个青云直上。其族孙魏良栋、魏鹏翼还是睡在摇篮里吃奶的小娃娃，也受封为太子太保、少师。他的从子魏良卿甚至代替天子主持祭天地、祭祀帝王的祖庙。难怪天下人都怀疑魏忠贤要篡夺帝位了。

1625年，他兴起大狱，以受贿为由逮捕东林党领袖杨涟、左光斗、袁化中、魏大中等六人，并将他们折磨死于狱中。次年，又捕杀东林党首领高攀龙、周起元、周顺昌等七人。历史上称这两次大狱受难的东林党人为"前六君子""后七君子"。

1627年，熹宗病死，思宗朱由检继位，改元崇祯。思宗下令把魏忠贤发配凤阳，后又派人逮捕治罪。魏忠贤自知难逃一死，畏罪自杀，结束了罪大恶极的一生。

【点评】魏忠贤本是一个地痞、无赖、大赌棍，自行阉割入宫当太监。一个无才无德、惹是生非的无赖赌徒竟能左右天下、祸国殃民到这种地步，不能不说是封建专制制度的流弊。

（晏国彬　编稿）

名节重泰山，利欲轻鸿毛。

——［明］于谦

人在达到德性的完备时是一切动物中最出色的动物；但如果他一意孤行，目无法律和正义，他就成为一切禽兽中最恶劣的禽兽。

——［古希腊］亚里士多德

阳奉阴违的韦昌辉

韦昌辉，原名韦志平，又名韦正，1823年生于广西桂平县金田村，家庭富裕。韦昌辉家虽有钱却无势，经常受到有钱有势人家的欺负。1848年，加入拜上帝会后，很快成为太平天国领导集团中的一员，被封为北王。

1851年，太平军在广西金田举行反清起义后，领导集团非常团结，彼此间都以兄弟相称，大小事情共同商议。因此，太平军从金田到天京（今南京）一路所向披靡，把清军打得落花流水。可是，1853年定都天京后，领导集团逐渐为追逐权力而明争暗斗。特别是韦昌辉，对集军政大权于一身的东王杨秀清非常不满，一心想取而代之，但在表面上却装得十分殷勤和顺从，一有机会就拍杨秀清的马屁。杨秀清出行喜欢坐轿，韦昌辉一见他的轿子来了，就会迎上前去扶他下轿。谈论事情时，没说到三两句话，韦昌辉一定会跪下来说："我见识浅，不是哥哥教导，就不知道这道理。"有一次，韦昌辉的哥哥与杨秀清的妾兄争夺房产，惹怒了杨秀清。杨秀清有意把这事交给韦昌辉处置，为了讨好杨秀清，韦昌辉竟将自己的亲哥哥五马分尸。如此超常的阿谀奉承，看起来是讨好杨秀清，实际上是

在等待夺取杨秀清手中权力的机会。

1856年上半年，太平天国军事上处于鼎盛时期。8月，被胜利冲昏头脑的杨秀清竟逼洪秀全封他为万岁。洪秀全虽表面应允，暗中却派人去宣召在外作战的韦昌辉等人回天京，帮助解决杨秀清的问题。夺取权力的机会终于到了，9月1日深夜，韦昌辉从江西率三千士兵回到天京，拂晓前率领亲兵冲入东王府，杀死杨秀清，并将府内东王的"亲戚、属员、文武、大小男妇，尽行杀净"，连孕妇都不放过。为了报个人的私仇和夺得更大的权势，韦昌辉在设计灭绝东王属下的五六千将士后，又疯狂屠杀东王属下大小官吏及家属，有两万多无辜的人冤死在韦昌辉的屠刀之下。翼王石达开因斥责韦昌辉滥杀无辜，竟引来杀身之祸，只身逃走后，一家老小惨遭杀害。这种疯狂杀戮，激起了太平天国广大将士的极大义愤，洪秀全便下令处死韦昌辉。这一事件后，太平天国领导集团分崩离析，太平天国从鼎盛走向衰亡。

【点评】为了争权夺利，对肝胆相照的兄弟阳奉阴违；为了争权夺利，对同甘共苦的兄弟刀剑相向，结果也搭上了自己的性命。历史的教训告诉我们：为追名逐利、争权夺势而破坏团结闹分裂，最终是不会有好结果的。

（肖文华　编稿）

贪婪是一切罪恶的根源。

——［英国］洛克

人们所努力追求的庸俗的目标——财产、虚荣、奢侈的生活——我总觉得都是可鄙的。

——［美国］爱因斯坦

巧取豪夺的刘文彩

刘文彩，又名刘星廷，其先祖为安徽人，明末为官，后辗转入川，移居大邑县安仁镇。

刘文彩的发迹得益于他的弟弟刘文辉。1921年，刘文辉任川军第八师的团长，在驱逐滇、黔军的一次大规模混战中，击退滇军，占领了叙府（今宜宾地区）。在刘湘（刘文彩的堂侄，时任川军第二军军长）的支持下，刘文辉部脱离第八师，扩大为独立旅，开始成为一支自立门户的军阀队伍，并把叙府作为"防区"。他也成为刘氏家族的靠山。

1931年夏，刘文辉在川南失利。在逃离叙府之前，他在川南进行大洗劫：以"清乡司令"名义限令两天之内在城内征"国防捐"20万元。得手后，又重点派款，强令商人和其他殷实人家"筹军饷"。之后，刘文彩身带20多条木船，装载着4500多箱金银财宝（其中有800余万银元），逃回大邑老家。他凭借刘氏军阀的枪杆子、印把子的余威，以安仁镇为中心，不断扩张势力，组成了一个号称"十万兄弟伙，一万多条枪"的封建袍哥会组织——"公益协进社"，在18个县市均设有"码头"。

退踞大邑后不久，刘文彩的田产猛增到1.5万多亩，遍及大邑和川西

11个县。加上他的兄弟子侄，刘氏家族共霸占和兼并土地近30万亩。 刘文彩所拥有的大量田产，都是通过极其野蛮卑鄙的手段掠夺而来的。比如，刘文彩为了霸占刘益山的六亩水田和房基地，逼死他的老母亲，枪杀了三名无辜的帮工，还把刘益山关进了监狱。

又如"吃心心田"。遇到田主不愿卖田，又不能强占的时候，刘文彩就把周围的田地全部买下，截断水源，逼得田主无法耕种，只好按刘文彩规定的低价出卖。 刘文彩通过残酷、野蛮的手段把土地从农民手中剥夺过去，同时，他又把这些土地一小块一小块地租给农民耕种，利用各种手段剥削农民。 农民租种刘文彩的土地，首先要交纳一笔押金，老公馆内所存的刘文彩家的全部佃田契约，每一份上面都有先交"稳银"的记载。"稳银"也就是押金。押金是无息的，退佃时如数退还。但是，由于当时通货膨胀，租佃时价值很高的押金，在退佃时往往已经大幅度贬值。刘文彩经常以退佃夺田手段，要挟农民换订新约，重新交押，或者夺田易佃。这一佃一夺之间，渗透着农民血汗的押金往往就被他侵吞了，逼得农民走投无路。

1949年，中国人民解放军以雷霆万钧之势向西南进军。刘文彩穷途末路，惊恐万状，10月17日病死于成都。

【点评】当时，这一地区有首歌谣说："四方土地都姓刘，农民血汗为他流。"刘文彩虽然通过杀人霸产、明抢暗夺等罪恶手段，积聚了大量财富，但是最终还是归于零。

（吴小卫　编稿）

私心胜者，可以灭公。

——［北宋］林逋

若不团结，任何力量都是弱小的。

——［法国］拉封丹

制造分裂的张国焘

张国焘，又名张特立，1897年11月生，江西萍乡人。1919年参加五四运动，是北京大学学生领袖之一。他是中共一大代表。在中共一大上，张国焘被选为中央组织主任，后来由于激烈反对党的国共合作战略，并在党内组织小集团，受到中共中央的尖锐批评。

1924年5月21日，张国焘在北京被北洋军阀政府逮捕。他经不住严刑拷打，供出了李大钊等不少革命同志。同年10月，中共组织营救被捕人员，张国焘亦同时获救。出狱后，其变节行为被隐瞒了下来。

1931年4月，张国焘进入了鄂豫皖革命根据地，担任该根据地中央分局书记兼军委主席。在这里，他积极推行王明"左"倾路线，大搞肃反扩大化，错整了不少好同志。在长征期间，张国焘反对中央北上抗日方针，妄图用武力挟持党中央，分裂红军。他还自立"中央"，自封主席，给革命造成重大损失。可以说，张国焘是我党历史上闹分裂的元凶。1937年3月召开的中央政治局扩大会议，批判了张国焘的错误，通过了《关于张国焘同志错误的决定》，张国焘也写了《我的错误》的检查。鉴于此，中共中央仍任命他为陕甘宁边区政府代主席。

1938年4月4日即清明节前一天，张国焘以陕甘宁边区政府代主席的身份去陕西祭扫黄帝陵。正值国民党西北行营主任蒋鼎文也在拜祭。祭毕，

张国焘便一头钻进蒋鼎文的轿车去了西安。4月7日，国民党安排他去了武汉。在武汉，张国焘拒绝周恩来、博古、李克农等人对他的批评和挽救。4月17日，周恩来与他做了最后一次谈话，向张国焘提出三条，供他选择：1.改正错误，回党工作；2.向党请假，暂时休息一个时期；3.自动声明脱党，宣布开除他的党籍。张国焘毫不犹豫地选择了第三条。次日，中共中央当机立断，做出了《关于开除张国焘党籍的决定》。自此，张国焘投入到蒋介石的怀抱，死心塌地地在国民党营垒里干了长达十年的特务勾当。

1948年冬，随着国民党政权的垮台，张国焘已无利用的价值，被国民党当局踢出局，他只好携带家眷逃到台湾。次年冬，又迁居香港。

张国焘晚景凄凉。1961年，美国堪萨斯大学约他写了百万言的《我的回忆》，得了一笔收入，生活费用才有着落。以后十余年，张国焘靠卖版权为生。1968年，他和妻子离开香港迁居加拿大多伦多，住进免费养老院，仰仗一点微薄的养老金打发风烛残年。1976年张国焘中风。1979年12月3日凌晨，他在翻身时，因被毯掉在地上无力捡起，冻死在病床上。

【点评】张国焘是中国共产党早期领导人之一，但他始终与党离心离德。1924年被捕后，他苟且偷生，叛变自首。1938年又公然变节投敌。改换门庭的张国焘最后只落得穷困潦倒、客死异乡的凄惨下场。

（袁石根　编稿）

世路无如贪欲险，几人到此误平生。

——［南宋］朱熹

道德衰亡，诚亡国灭种之根基。

——［清末民初］章炳麟

黑道霸主刘涌

2000年7月，沈阳市公安机关一举打掉以刘涌为首的黑社会集团，警方共抓获该犯罪集团涉案成员45名，侦破犯罪案件42起。然而，恶行累累的黑社会性质犯罪集团头子刘涌，身上却罩着一系列炫目的光环：沈阳市人大代表、致公党沈阳支部副主任委员、嘉阳集团董事长。

刘涌生于1960年，1984年开始在沈阳经商，经营涉及超市、房地产、餐饮娱乐、香烟批发。在沈阳最繁华的中街、太原街等黄金地段，刘涌均有商场，并获得上万平方米的房地产开发权。然而，刘涌那看似成功的发家史，却充满了刀光剑影，犯下无数血案。1995年九十月间，刘涌为兴办沈阳中街百佳超市，强行租用盛京饭店，饭店经理吴某不同意，刘涌便指使五名打手闯进吴某办公室，将他及秘书等多人打伤。继而到吴家威胁、骚扰，逼迫吴某将花了200多万元装修好的门面房"转租"给他。

为了垄断两种品牌香烟的销售，刘涌自称是这两个品牌香烟在沈阳的总代理，对所谓"擅自"经营者一律暴力清除。1997年秋，他得知和平区一小商店卖其中一种品牌香烟，便指使打手对业主李某、张某拳打脚踢，并将商店砸烂。此后，刘涌又指使多名打手，将一位卖同类香烟的业主王某活活打死。同年6月，刘涌取得沈阳中街部分商业区开发权后，大搞强拆，暴力动迁。中街大药房等单位不顺从，刘涌指使打手持藏刀、枪刺等

凶器，在光天化日之下砸毁药房，砍伤值班经理和多名员工，他们滥杀无辜已经到了令人发指的地步。刘涌犯罪集团是一个组织比较严密、疯狂危害社会、非法聚敛财富、拉拢腐蚀干部，且具有一定经济实力的黑社会性质的犯罪集团。

在打击刘涌犯罪集团这场正义与邪恶的较量中，沈阳市公安局在上级有关部门的领导下，集中优势警力，采取专门工作与群众路线结合等多种措施，将这一横行当地的犯罪集团一网打尽。

【点评】黑道霸主刘涌，欺行霸市，滥杀无辜，严重干扰社会经济秩序，危害人民群众生命安全。然而，正义必定战胜邪恶，一切与人民为敌、与社会为敌的不法分子，终将葬身在正义的汪洋大海之中。

（吴伟健 编稿）

本是同根生，相煎何太急。

——〔三国〕曹植

朋友间的不和，就是敌人进攻的机会。

——〔古希腊〕伊索

手足相残的阮岳

18世纪下半叶的越南，国家分裂割据，连年混战，经济凋敝，民不聊生，导致从南到北爆发了无数次农民起义。其中在越南历史上最大的一次农民起义，就是由阮岳、阮惠兄弟领导的西山农民起义。

1771年春，阮氏兄弟打着"劫富济贫、为民除害"的旗帜，在西山发动了农民起义，广大贫苦群众纷纷加入。西山军每到一处都惩治豪强恶霸，没收财产分配给贫困农民；废除一切赋税，释放囚犯；没收官粮，赈济平民。这些措施使起义军声势越来越大，所向披靡。1787年，阮氏兄弟推翻了南北封建统治集团，终于结束了越南长达几个世纪的封建割据局面，建立了自己的政权。

1787年，阮岳在南方的归仁城自称"中央皇帝"，封阮惠为北平王，封地在北方的顺化。阮氏兄弟称帝后，滥杀功臣，贪图享受，掠夺财富，残酷剥削劳动人民，成为新老地主阶级的代表。

与此同时，两兄弟之间的嫌隙、裂痕也越来越大，猜忌越来越多。阮岳妒忌阮惠在北方的业绩，担心弟弟的权威超过他，率军强迫阮惠撤军南返；阮惠也不满阮岳的专横，两兄弟常常借边界问题找茬，以至于兵戎相见、自相残杀。

1787年春夏之交，阮惠传檄声讨阮岳的恶行，带兵包围了归仁城，在

城外架起大炮，准备教训一番这个妄自尊大的哥哥。大炮在轰鸣，炮弹不断飞向城池，整个归仁城被炸得摇摆不定，城里的人惊惶地争相躲避。其中一发炮弹落在阮岳的宫殿前，军士们掘出来一看，吓了一大跳，弹丸居然有脸盆那样大。阮岳听说了，感到十分害怕，也十分伤心。他抱着这颗弹丸，来到供奉阮家历代祖先的宗庙，大哭道："兄弟之间竟然到了如此境地啊！"

相持三个多月后，阮岳弹尽粮绝，只好登上城楼向城外阮惠阵地的方向大声哭喊道："皮锅煮肉，弟弟你难道就如此忍心吗？"阮岳所说的是他们家乡的风俗。西山一带的人，猎取到野兽后，将野兽皮剥下来制成锅，用它来煮野兽肉。阮惠听到这句话后，也痛哭流涕。他撤除了包围，返回顺化，但兄弟之间的感情，已经无法弥补。

兄弟的内讧极大地削弱和消耗了起义军的力量，各方的敌人趁机反扑。1802年，轰轰烈烈、历时31年的西山起义军被反动势力残酷镇压，淹没在血泊之中，阮氏兄弟建立的政权被推翻。

【点评】一根筷子易折断，十根筷子坚如铁。兄弟只有情同手足、团结一心，才能取得胜利并保住胜利果实。然而翻看历史，尤其是帝王史的时候，人们看到的大多是兄弟相残、父子相杀的事例。对权势的渴望，往往使他们忘却了亲情、伦理。阮氏兄弟的故事再一次说明：和睦相处能胜天，同室操戈速败亡。

（肖文华 编稿）

中外道德警示100例

昧着良心做事是不安全、不明智的。

——［德国］马丁·路德

道德的损害是良心的完全麻痹。

——［日本］芥川龙之介

自食恶果的哈丁

　　1994年1月6日，世界花样滑冰女王南希·克里根在更衣室的过道里遭到不明身份男子的袭击，右膝关节被铁棍重击，克里根应声倒地，凶手逃之夭夭。事后查明，该男子是克里根的竞争对手托尼亚·哈丁的男友吉洛利。

　　虽然哈丁随即发表声明，称此事与她无关，但却很难令人信服。因为当年冬季奥运会选拔赛即将进行，如果最大对手克里根无法参赛，哈丁自然可以顺利出线，代表美国出席冬奥会。作为冬奥会的选手，就意味着名利双收。而且一直以来，克里根与哈丁截然相反的形象让公众对她们俩的态度大相径庭，也引发哈丁对克里根的妒忌。克里根拥有一头飘逸的黑发，具备芭蕾舞演员的优雅和运动员的力量，被奉为冰上女王，可谓三千宠爱集于一身。至于哈丁，虽然也有着不错的技术，然而她常常满口粗言，烟不离手，有过三次失败的婚姻，十足一个坏女孩的形象。特别是1993年在日本千叶举行的NHK杯花样滑冰锦标赛上，哈丁仅仅名列第四。尤其让她沮丧的是，她希望在即将举行的挪威利勒哈默尔冬季奥运会上击败克里根，此时也变得十分渺茫。于是，克里根成为哈丁名利途中的一块绊脚石。

　　之后，美国花样滑冰协会破例让克里根在没有参加预选的情况下参

加当年的冬奥会，而美国司法界也网开一面，推迟了对哈丁的听证会，并准许她也参加冬奥会。就这样，一对冤家同场竞技。不过天理循环，哈丁由于失误只得了第八名，只能在休息室里眼睁睁地看着克里根以近乎完美的表演赢得了一枚银牌。更让哈丁不好过的是，其男友吉洛利在被判了两年徒刑及罚款10万美元的同时，供出了哈丁。哈丁为了免遭起诉，主动认罪，美国花样滑冰协会因此从轻发落，仅将她扫地出门。

曾经获得了两次全美冠军的哈丁，此后不仅成为受人耻笑的对象，而且收入方面也受到了极大的影响，只能靠在电视节目中扮演近似于小丑的角色来勉强糊口，最后则干脆当起了拳击女郎。一名顶级的花样滑冰选手沦落到如此境地，可谓是自食其果。

【点评】通向成功的阶梯，唯有用自己的汗水和双手来堆砌。如果把踩着别人的身体作为捷径，就永远达不到胜利的顶峰，品尝不到胜利的喜悦。

（万建华　编稿）

以诚实守信为荣
以见利忘义为耻

YI CHENGSHI SHOUXIN WEI RONG

YI JIANLI-WANGYI WEI CHI

诚信是一个人最美丽的外衣，是心灵深处最圣洁的鲜花。

孔子说："民无信不立。"左拉说："失信就是失败。"蓦然回首时，我们发现，最有价值的东西总能穿越时空，沉淀成永恒的真理。

诚实，就是忠诚正直，言行一致，表里如一。守信，就是遵守诺言、不欺不诈。诚实是守信的基础，守信是诚实的具体表现。"君子一诺，重于泰山。"我们生活在偌大的世界里，靠什么维系社会的有序运转？靠什么保持彼此的尊重？唯有牢记诚实守信，内心深处才能如此温暖。

诚实守信是立身的基石，而见利忘义则是处世的大忌。

我们不曾忘记，古往今来，有多少见利忘义之徒，为了一己私利，可以抛弃道德的准则，丢掉做人的尊严。面对权势或财富的诱惑，他们不择手段，不讲原则，甚至弄虚作假，坑蒙拐骗，为所欲为。他们的所作所为，如同污水入清流，把一顷碧波搅得浑浊不堪。

生命不可能从谎言中开出灿烂的鲜花。无数事实已经证明，那些见利忘义之人，都不会有好的下场和结局。靠谎言、投机或一切阴谋手段得来的名利，最终将如过眼烟云，风流云散，留给历史和子孙后代的，是永远抹不去的骂名。

周恩来说过："自以为聪明的人，往往是没有好下场的，世界上最聪明的人就是最老实的人，因为只有老实的人才能经得起事实和历史的考验。"

走正直诚实的生活道路，定会有一个问心无愧的归宿。

（彭海宝　编稿）

廉者民之表也，贪者民之贼也。

——［北宋］包拯

道德是永存的，而财富每天在更换主人。

——［古罗马］普卢塔克

贪贿丧命的伯嚭

伯嚭（pǐ），春秋晚期人，楚国名臣伯州犁之孙，父亲伯郤（xì）宛因楚奸臣费无忌的谗言而被楚平王杀死。伯嚭只身逃出，投奔吴国，伍子胥将他推荐给吴王阖闾，被任用为大夫。后因伯嚭有军功而被任命为太宰，掌管王家内外事务，因为与王室联系紧密，所以很有权势，易受宠信。年轻的吴王夫差即位后更加信任善于阿谀奉承的伯嚭，于是伯嚭贪财好色的本性完全暴露出来了。

公元前494年，吴国大举攻越，越国大败，越王勾践率仅剩的5000甲兵，退保会稽（今浙江绍兴）。勾践派人向吴国求和，遭到吴王夫差的拒绝。这时越大夫文种献计说："吴国太宰伯嚭贪财好色，如果让人偷偷地拿金银珠宝等送给他，他必定会动心，则和议之举还可能成功。"勾践大喜，立刻派文种暗中去见伯嚭。

当文种把大堆金光闪闪的财宝和八名打扮得花枝招展的美女献上时，伯嚭的眼睛一下亮起来了。文种又马上许诺："如果太宰能帮助越国渡过眼前的危机，越王就并非是委身于吴王，而是委身于太宰您了！越国所有的贡献都会先经过您，然后才进献到王宫，那太宰就可以独享越国的财富了。"伯嚭心领神会，第二天就对吴王说："我听说古代讨伐敌国的，

也不过迫使敌国臣服而已。现在越国已经臣服，我们还有什么可苛求的呢？”一通冠冕堂皇的大道理，使得早已铁心的吴王夫差撤退了围困会稽的大军，与勾践讲和。吴越和解后，越国君臣上下一心，积极发展生产，积蓄力量。其间伯嚭又数次收受越国的巨额贿赂，不时在吴王身边盛赞越国的忠诚。骄横的吴王夫差被蒙蔽了耳目，以为从此没有越国的后顾之忧，便放心地北伐齐国，逐鹿中原。就在吴王率全国精锐军队倾巢而出与晋国争夺中原霸权之时，越王勾践把握时机，亲率大军袭击吴国。吴王夫差紧急回师相救，然而长途跋涉的吴军疲惫不堪，一战即溃，夫差回天乏术，被迫自杀。

吴国灭亡，无耻的伯嚭还以功臣的姿态去向越王勾践道贺。勾践一见到他，立刻把脸拉下来，大骂他说：“你身为吴国重臣，却不忠于自己的君主，而与越国勾结，暗中收受巨额的贿赂。”于是，下令把伯嚭推出去斩首。

【点评】贪赃误国的伯嚭最终没有逃脱应有的惩罚，然而惩罚他的，却是长期以来低眉顺目、不断送来贿赂的越王勾践！吴国的灭亡和伯嚭的可耻下场，为后来者提供了血的教训。

（孙丽　编稿）

贪似火，无制则燎原；欲如水，不遏必滔天。

——佚名

对真理沉默，等于为谬误呐喊。

——阿拉伯谚语

指鹿为马的赵高

赵高，本是赵国贵族的后代，赵国被灭后进入秦国皇宫中服役。秦始皇听说他力大无比，又精通法律，便提拔赵高担任中车府令，负责掌管王室的车马；还让赵高教他的小儿子胡亥断案决狱。赵高善于察言观色、阿谀奉承，很快得到了秦始皇和胡亥的宠信。

秦始皇三十七年（前210年），秦始皇在巡游途中病重，让兼管皇帝符玺的随行官员赵高代写诏书，命令长子扶苏赶回咸阳主持他的丧事。诏书还没来得及发出，始皇已经于沙丘（今河北广宗西北）病逝。赵高知道，如果扶苏即位，自己必然会受到排挤，只有跟自己关系亲密的胡亥即位，才能保证他日后的权势和地位。他先带着始皇遗诏去见随行的胡亥，劝说胡亥假托始皇诏命，杀掉扶苏立自己为太子。天上掉下个大馅饼，胡亥自然是求之不得。赵高又说："这事没有丞相的支持不行，我愿意替公子您去说服李斯。"

赵高来到李斯这里，劈头就说："皇上赐给长子扶苏的诏书和符玺，都在胡亥那里。定谁当太子，全在丞相您和我一句话，您看着办吧。"李斯大吃一惊："你怎么敢说出这样的亡国言论！这是我们当臣子的能议论的事情吗？"赵高胸有成竹、毫不慌张地说："从才能、谋略、军功、取信天下以

及扶苏的信任程度五个方面来说，您跟蒙恬将军谁更强呢？"一句话触到了李斯的痛处，他沉默了很久才不得不承认："我不如蒙恬。"赵高又继续进攻："如果大公子扶苏即位，一定会任用蒙恬为丞相，您的位子就保不住了。希望您好好考虑，把这件大事早日确定下来！"在利益的驱使下，李斯最终向赵高妥协，合谋伪造诏书，逼使皇长子扶苏自杀，立胡亥为帝，是为秦二世。

秦二世即位后，赵高一手遮天，不久盯上了李斯的丞相宝座。公元前208年，赵高罗织罪名，以谋反罪将李斯腰斩于市，自任丞相。为了试验一下大臣们对他的态度，一天上朝时，赵高牵出一头鹿献给秦二世，说："臣敬献一匹千里良驹请陛下赏玩。"二世一看忍不住笑了："丞相开玩笑吧，这明明是头鹿，怎么说是马呢？"赵高板起脸，一本正经地问群臣："你们说这是鹿还是马？"众臣慑于赵高的淫威，逢迎巴结之徒附和说是马，小部分正直大臣不愿昧良心说假话，依然坚持是鹿。昏庸的秦二世还以为自己真的看错了，立即请太卜给他算卦，太卜说："陛下祭祀时没有认真斋戒，所以会出现幻觉。"胡亥信以为真，就进入上林苑斋戒。二世一走，赵高就找借口将朝中那些说是鹿的人都杀掉了。从此之后，朝野上下莫不噤声，唯赵高之命是从。

这时候，天下的反秦起义已是如火如荼，秦二世再也坐不住了，派人指责赵高抵抗盗贼不力。老奸巨猾的赵高先下手为强，发动宫廷政变，逼令二世自杀。他身佩玉玺，招来群臣朝议，妄图即位称帝，但是文武百官都用沉默来表达他们无声的抗议，赵高只得扶立秦二世兄长的儿子子婴。秦王子婴借口生病，趁赵高前来探视之时，把他刺死。

【点评】在权势面前，赵高不顾君臣之分，指鹿为马，权势熏天，玩弄秦二世于股掌之间，甚至发动弑君的宫廷政变，妄图取而代之，最终身死家灭，为天下人耻笑。

（孙丽　编稿）

若无知足心，贪求何日了。

——［唐］白居易

唯利是求，是一种痼疾，使人卑鄙。

——［古罗马］郎加纳斯

"三姓家奴"吕布

吕布，五原郡九原（今内蒙古包头市西）人，是汉末乱世中极为活跃的人物之一。他善于骑射，膂力过人，作战勇猛，号为飞将。当时人评价说："人中有吕布，马中有赤兔。"吕布虽有猇虎之勇，但却有勇无谋，见利忘义，最后落得个被勒死的可悲下场。

吕布一生先后投靠丁原、董卓、王允，成为"三姓家奴"。

吕布首先投靠并州刺史丁原，因为骁勇善战，很受丁原器重，被用为主簿，参与机要。吕布则拜丁原为义父，两人情同"父子"。不久，汉灵帝驾崩，丁原率兵入洛阳，与大将军、外戚何进密谋诛灭宦官。不料，宦官先下手为强，竟先将何进杀死。此时，凉州军阀董卓也带着一支军队气势汹汹地开进洛阳，准备废少帝而立陈留王（即汉献帝），作乱京城，却遭到丁原等人的激烈反对。

为了扫除篡权路上的障碍，董卓以重金厚礼收买吕布。他命部将李肃携黄金千两、明珠数十颗、玉带一条、宝马一匹，暗中来到吕布营寨。吕布见此厚礼，大喜，当即应允投靠董卓。是夜二更时分，吕布提刀直入丁原帐中，一刀砍下丁原首级，率部投奔董卓而去。自此，董卓的威势越来越大。

吕布投奔董卓后，即拜卓为义父。董卓也很宠信吕布，两人誓为"父子"。董卓自感暴虐无道，常担心他人谋害自己，所以每天让吕布护卫自己。

董卓扰乱朝纲，篡逆之心日益明显，引起满朝大臣的恐慌和严重不满。司徒王允与大臣黄琬、名士孙瑞等人结谋，准备诛灭董卓。王允利用府中歌伎貂蝉的美色，在董卓、吕布之间巧施美人连环计，挑起两人的严重冲突。接着，又暗中派人密送给吕布金冠一顶。吕布既贪于美色，又见财眼开，于是答应做内应，共杀董卓。

建安三年（198年）四月的一天，汉献帝病体新愈，大会文武百官于未央殿，说是将禅位于董卓。董卓大喜过望，遂入朝。刚入殿门，吕布即口称"有诏讨贼"，杀董卓，灭其三族。

王允用吕布为奋武将军，进封温侯，共秉朝政。但此时的王允因在如何对待董卓部众等重大问题上处置失宜，导致董卓部将联兵攻破长安，王允等人被杀，长安大乱。

吕布也随之兵败，自长安逃出，先后投奔袁术、袁绍，均遭拒绝。途经陈留，和太守张邈及东郡陈宫联合，被推为兖州牧，与曹操大战一百余天，被击败。继又自称徐州刺史，屯兵下邳（今江苏睢宁西北）。建安三年十二月，吕布兵败，遭活捉，被曹操缢杀于下邳城中的白门楼。

【点评】做人要有骨气，要有人格。吕布见利忘义，背主求荣，甘为三姓家奴，不仅无骨气可言，就连做人的基本人格也丧失了。

（周兆望　编稿）

中外道德警示100例

142

> 上善若水，水利万物而不争。
>
> ——［春秋］老子
>
> 善于奉承的人也一定精于诽谤。
>
> ——［法国］拿破仑

口蜜腹剑的李林甫

　　李林甫，李唐宗室后裔。为人十分狡猾，善于取悦人，极力结交宦官与妃嫔之家，探知朝中动静，对皇上的一举一动了如指掌，于是每次奏对，都合皇上心意，唐玄宗很高兴。在宦官高力士和武惠妃的暗中相助下，开元二十二年（734年）五月，李林甫一跃而居宰相高位。

　　李林甫城府极深，让人摸不透。好以甜言蜜语迷惑人，暗中却中伤人，但不露声色。凡才能功业超过他而被皇上所器重的大臣，开始他亲密地与之结交，一旦别人的权位威胁到他，又千方百计地加以排挤。即使是老奸巨猾之人，都无法逃过他的权术。李林甫不懂学术，尤其妒忌文学之士，有时表面上与人友善，饰以美言，背后则加以陷害。故世人称李林甫"口有蜜，腹有剑"。

　　李林甫为独揽大权，结党营私，排除异己，不遗余力。他网罗罗希奭（shì）、吉温等一批狱吏，不断给政敌罗织罪名，制造大狱。罗、吉二人为吏心狠手辣，完全按李林甫的意愿行事，凡经他们审讯过的人，没有一个能活着出来的，时人谓之"罗钳吉网"。李林甫效法武则天，在长安另置推事院，由杨国忠负责，专门审讯犯人。遭他们陷害而被诛灭的达数百家，皇太子也岌岌可危，因得高力士的保护才幸免于难。天宝八载（749年）四月，咸宁太守赵奉章告李林甫罪状二十余条，状纸尚未到达

朝廷，李林甫事先得知，即令御史将赵逮捕，以为妖言，加以杖杀。

李林甫害人无数，自感结怨太多，常常担心刺客，故处处提防。出则步骑百余人为左右翼护卫，金吾（京师卫戍部队）净街，前驱在数百步外，公卿须奔走回避；居则重门复壁，以厚石铺地，墙中置板，如防大敌；一晚上多次换床，即便是家人也不知他住哪里。

天宝十一载（752年）十一月，李林甫病死。

【点评】 做人要诚实正派，表里如一，切不可口是心非，阳奉阴违。李林甫口蜜腹剑，用软刀子杀人，为保权固位而妒贤嫉能，专以残害忠良为能事，是中国历史上典型的伪君子。

（周兆望　编稿）

富于财而无义者，刑。

——［西汉］陆贾

鱼烂缘吞饵，蛾焦为扑灯。

——［南宋］魏庆之

从功臣沦为罪人的肖玉璧

肖玉璧，红军英雄，曾任陕甘宁边区某区主席、贸易局副局长，也是抗日战争时期因贪污被查处的最突出的典型。

1940年，中国的抗日战争正处于相持阶段，而且国民党对边区的经济实行严密的封锁，陕甘宁边区物资奇缺，广大干部战士食不果腹、衣不御寒，连毛泽东主席都穿着打补丁的衣服。

初秋的一天，毛主席去医院看望住院的干部和战士，当他看见老战士肖玉璧瘦得皮包骨头，很是心痛，便问医生肖玉璧究竟患了什么病。医生告诉毛主席："外表看，肖玉璧百病缠身，其实非常好治，只要给他吃一个月饱饭就行了！"毛主席听了心情很沉重，便当场决定把中央特批给他的每天半斤牛奶的取奶证送给肖玉璧，还嘱咐医生每天清早到中央机关管理处取奶。有了这半斤救命的牛奶，肖玉璧很快恢复了健康。肖玉璧出院以后，组织上考虑到他的身体状况，安排他到清涧县张家畔税务分局当局长。肖玉璧作战英勇，出生入死，身上留下的伤疤就有九十多处，可谓战功赫赫。当得知派他去当税务局长时，心里十分不乐意，认为是大材小用。于是，自恃功高的他便去找毛主席。他解开衣扣对毛主席说："你数数我身上有多少伤疤！"毛主席一听这话就火了，厉声对他说："我不识数！"

肖玉璧带着不满情绪走马上任了。当时，边区政府对违纪贪污行为处分相当严厉，1938年陕甘宁边区政府公布的《惩治贪污暂行条例（草案）》规定：克扣或截留应发给或缴纳的财物、敲诈勒索、收受贿赂等10种行为均为贪污，并规定对贪污满500元以上者，处以死刑或5年以上有期徒刑。可肖玉璧以功臣自居，根本不把反贪规定放在眼里。上任不久，他利用职权之便，贪污受贿，采用多收少报的方法欺瞒上级，后来竟发展到把根据地奇缺的粮油卖给国民党部队，激起极大民愤。

事发后，肖玉璧潜逃了几个月，最终被捕。边区政府依法判处肖玉璧死刑，他不服，直接写信向毛泽东求情。当陕甘宁边区政府主席林伯渠把他的信转交给毛泽东时，毛泽东主席问林伯渠："肖玉璧贪污了多少钱？"林伯渠回答："3000元。"毛泽东主席又问："他的态度怎样？"林伯渠说："他在信中求您看在他过去作战有功的分上，让他上前线，战死在战场上。"毛泽东又问林伯渠："你们的态度呢？"林伯渠说："目前干部队伍贪污腐化犯罪率达5%，这股歪风非刹住不可。不过，最后究竟怎样处置肖玉璧，边区政府和西北局都想听听您的意见，所以我特地来请示。"毛泽东对林伯渠说："我完全拥护法院判决。"

1941年底，肖玉璧被执行枪决。1942年1月5日的《解放日报》就此发表评论："在'廉洁政治'的地面上，不容许有一个'肖玉璧'式的莠草生长！有了，就拔掉它！"

【点评】肖玉璧作为一名战功赫赫的英雄，居功自傲，为一己私利，在关乎民族危亡的抗日战争关键时期，置革命大局于不顾，贪图个人一时的享乐，倒卖根据地奇缺的物资，贪污受贿，腐化堕落，蜕化变质，从一个人民功臣沦为人民的罪人。肖玉璧的事例，再次表明中国共产党惩治腐败、执政为民的坚定决心。

（吴峰　编稿）

心体光明，暗空中有青天；念头暗昧，白日下有厉鬼。

——［明］洪自诚

邪恶的种子，如果不及时除掉，任其生长，那将后患无穷。

——［古希腊］伊索

制毒牟利的胡薇

2005年11月22日，南昌警方接到公安部的线索，一举将南昌一家地下毒品厂摧毁，缴获了大量毒品、制造毒品的原材料和设备，并将制毒厂厂长刘军、胡薇等十余名涉案人员抓获。该毒品工厂规模之大、技术之先进为中国一流！然而，更令人震惊的是，毒品的研制者竟是南昌某大学检测中心的教师，获得药化专业硕士学位的胡薇。

胡薇的丈夫刘军，辞职下海，经营着一家洗衣粉厂，不但没有赚到钱，还欠了不少债。想到经营洗衣粉厂不知何时才能发财，刘军决定铤而走险去一趟缅甸，买一批"K粉"回来卖。到达缅甸后，刘军觉得贩毒的风险太大，不如搞到毒品的生产工艺，利用胡薇的专业知识试制出来。终于，刘军在缅甸高价购得了"K粉""摇头丸""冰毒"等毒品的生产工艺。

禁不住刘军的劝说，胡薇瞒着测试中心的领导和同事，利用实验室的仪器和设备开始偷偷研制毒品。经过近一年的试验，胡薇攻克了制造"摇头丸""冰毒"的核心技术。

2001年3月，贵州的毒贩陈某和四川的毒贩李某得知刘军、胡薇掌握

了制毒技术，以50万元买走了"摇头丸"的制造技术。除了几万块钱的本钱，这一笔生意就赚了40多万。如此高的回报，让两人兴奋得几夜都睡不着觉。两人用这笔钱买了一套商品房。后来，胡薇夫妻又以15万元的价格，将冰毒生产技术转让给了贵州另一毒贩陈某。

两次毒品技术交易的成功，让胡薇尝到了甜头，也增加了她的侥幸心理。在刘军的再三劝说下，胡薇同意了开设毒品工厂的计划。

2004年10月，胡薇夫妻的地下毒品工厂开始生产。夫妻俩分工明确，刘军负责毒品的生产和销售，胡薇则负责生产的技术指导和质量监督。由于市场上毒品的需求量不断增长，毒品厂的生产规模也越来越大，每天生产毒品可达1千克。仅2005年，夫妻俩卖给贵州、四川两名毒贩的"K粉"就高达20千克，获取暴利100余万元。成为富翁后，刘军除了打理毒品厂的生意外，一有空就泡在赌场上豪赌。刘军因赌博欠下了南昌毒贩李某7万元赌债，就以0.5千克"K粉"抵债。从此，李某成了刘军的铁哥们和毒品代销商，短短两个月，李某在刘军的毒品厂购"K粉"7千克，刘军从中又获利几十万元。据检察机关指控，胡薇夫妇在为他人提供制毒技术的同时，共贩卖、制造"K粉"31.49千克，非法持有"冰毒"824克，其中包括公安机关在其家中查获的6.6千克"K粉"。法院以贩卖、制造毒品罪判处刘军死刑。鉴于胡薇在审查起诉阶段已经怀有身孕，不适用死刑，法院以制造毒品罪判处其无期徒刑，剥夺政治权利终身，并处没收个人财产10万元。

【点评】胡薇利令智昏，利用自己的知识研究制毒技术，玷污了人民教师这个神圣的职业，辜负了国家和人民的培养。知识可以改变命运，但如果利用自己的知识危害社会，则必将为社会所唾弃。

（吴小卫　编稿）

诚实比起腐败会给你赢得更多的好处。

——［英国］莎士比亚

人们较易受邪恶的摆布胜于受道德的约束。

——［法国］拿破仑

冒充"海归博士"的王刚

王刚，辽宁省昌图县人，大连某海洋生物化工有限公司法人代表。

王刚自称拥有骄人的教育背景和辉煌的事业：1982年毕业于中国科技大学，是美国波士顿大学、美国麻省理工学院、日本名古屋大学、澳大利亚悉尼大学的"博士"；他创立的大连某公司拥有1300万元净资产，公司已通过中国船级社的认证，具备生产"仿生无毒舰船防污涂料"的能力和条件，生产出的舰船涂料供不应求，年利润达300多万元。

2005年5月，广东省惠州市某企业举报：王刚凭借他的不凡"履历"，骗得该企业签订了合作经营涂料项目的合同，并以组织生产专利产品为由，通过股权置换的方法，诈骗了该企业2000万元人民币投资款及价值1750万元的股权。

2006年6月27日，惠州市警方以合同诈骗案立案侦查，并成立专案组。7月4日，专案组奔赴辽宁大连，将犯罪嫌疑人王刚抓获。刚落网的王刚相当顽固，拒不交代犯罪事实。同时端出大连某区政协常委的架子，对民警示威："我是国家863重点科研项目带头人，也是振兴东北老工业基地的领头人，你们敢抓我？劝你们识相点！"

办案民警并没有被王刚身上的"光环"和威胁所吓倒，而是以揭穿王刚的伪证和谎言为突破口，与之进行了艰苦的较量。

针对王刚所称国家专利产品"高科技涂料"这一幌子，民警到其大连公司进行查验。原来，这些原材料根本不是国家专利产品，而是从一家普通化工公司购买的常见涂料。随后，民警走访中国科技大学，得知该校1982年根本没有这个毕业生。民警又到辽宁省公安厅出入境管理部门调查，发现王刚仅在2000年去过日本9天，这是他唯一的离境记录。这样，王刚的海外名牌大学的"博士帽"又被摘掉了。接着，根据王刚所说其大连公司拥有1300万元净资产的说法，民警请来财会专家，对其公司资产进行审计，发现该公司成立时采用虚假《资产评估报告书》和《验资报告》，将注册资金虚报至1000万元。而所谓的"该公司已通过中国船级社的认证"、具备生产"仿生无毒舰船防污涂料"和"舰船涂料供不应求，年利润达300多万元"的说法都是谎言和骗局。

画皮被一层层剥去，王刚的真实"简历"终于揭去了漂亮的封皮：1978年参军，其间通过短期培训获中专学历。1983年转业到辽宁省铁岭市一家市政建设工程公司工作，被聘为助理工程师，1992年辞职。之后10年，王刚下海经商。2002年，王刚通过各种伪造、虚报手段，成立大连某海洋生物化工有限公司。

2007年8月，广东省惠州市惠城区人民法院以诈骗罪判处王刚有期徒刑12年，并处罚金300万元。

【点评】君子爱财，取之有道。那些企图披着道貌岸然的外衣在法律的钢丝绳上招摇撞骗的人，必然会跌入冰冷的法网。

（戴小宝　编稿）

节制是一种秩序，一种对于快乐与欲望的控制。

——［古希腊］柏拉图

对于犯罪最强有力的约束力量不是刑罚的严酷性，而是刑罚的必定性，因为，即便是最小的恶果，一旦成了确定的，就总令人心悸。

——［意大利］贝卡利亚

"黑哨"裁判龚建平

18岁那年，龚建平进了北京体育师范学院，读书四年，龚建平收获不小，22岁时，他已成为足球一级裁判。毕业后的龚建平去了北京市怀柔县，在那里，他一边做教师，一边组织足球比赛，其间三年，他为传播足球文明做着不懈的努力。从1986年起，龚建平即开始参加大型比赛的执法工作，全国大型职业赛、青年联赛、甲A和甲B以及乙级联赛中，他担当主裁判的次数在国家级裁判中是较多的。其间，多次获得全国及北京市优秀裁判员称号。

一条光明大道正在龚建平脚下延伸，可惜他却走上了歧路。1999年，他在万达、平安之战中对孙继海判罚黄牌所犯的错误曾引起轩然大波。裁委会当年共计处罚裁判员违规者6人、执法失误者14人，其中受处罚最重的是龚建平——被停吹半年。2001年9月15日，在中远1比0战胜绿城的比赛中，绿城第8分钟在一次反击中由谭恩德打入一球，但被判越位在先。第14分钟，中远队的沈晗突入禁区，绿城门将高树春在扑到球后把沈晗带倒，主裁判龚建平判罚点球，引起绿城队员强烈不满，并罢赛3分钟。这场比赛成为日后龚建平案件的一个重要线索。2002年1月15日，上海电视台新闻综合频道公布了"打假扫黑"涉嫌黑哨的8人名单，龚建平榜上有名。4月17日，北京市宣武区检察院依法以涉嫌"企业人员受贿罪"正式批捕龚建平。

2003年1月29日，宣武区人民法院公开审理龚建平涉嫌受贿案。法院审理认为，2000年至2001年，龚建平在受中国足球协会指派担任全国足球甲级队A、B组主裁判员职务期间，先后9次收受他人财物，共计人民币37万元。其中，2001年4月21日，龚建平在执法浙江绿城与天津立飞的比赛前，在杭州国际大酒店收受绿城俱乐部贿赂款人民币2万元；7月7日，龚建平在执法浙江绿城与厦门红狮比赛前，在杭州西子宾馆收受绿城俱乐部贿赂款人民币8万元。一审判决龚建平有期徒刑10年。龚建平不服，进行上诉，北京市第一中级人民法院做出终审裁定，驳回上诉，维持原判。2004年7月11日，龚建平因白血病在北京304医院去世。

【点评】执法者收受钱财，谋取不正当利益，完全违背职业道德和竞争秩序，是对社会共同认可的法则的破坏。正义是现代法律的灵魂，无视法律权威的行为终将受到法律的严惩。

（谢正燕　编稿）

科学不是可以不劳而获的，诚然，在科学上除了汗流满面是没有其他获得成功的方法的。

——［俄国］赫尔岑

生命不可能从谎言中开出灿烂的鲜花。

——［德国］海涅

欺世盗名的黄禹锡

一个崇尚科学、讲科学、爱科学的民族，本应当是一个不断进步，充满生机和活力的民族，但正是因为有些科学家走入了鲜花、掌声、名誉、利益的误区而泯灭良知，所以才导致整个国家科学界蒙羞。

韩国科学家黄禹锡就是最典型的例子：作为一名科研人员，他虽然创造了多项世界第一，甚至被不少人追捧为"民族英雄""最高科学家"。然而所有这一切都如昙花一现，一夜间，他又成了众人唾弃的对象，成为民族的耻辱。

黄禹锡1953年12月出生在韩国忠清南道一个清贫的农民家庭，1972年考入汉城大学（现称首尔大学）兽医学院，1982年获得博士学位，后留校任教。1985年他前往日本北海道大学进修，1987年归国后开始克隆方面的研究。在其后的十几年间，他带领的科研小组创造了多项世界第一——首次培育成体细胞克隆羊，首次培育出"抗疯牛病牛"，成功培育出首条克隆狗"斯纳皮"。

从2001年开始，黄禹锡又将研究重点转向了人类胚胎干细胞方面。2004年到2005年两年间，他在美国《科学》杂志上先后发表了两篇论文，

声称在世界上率先用卵子成功培育出人类胚胎干细胞，攻克了利用患者体细胞克隆胚胎干细胞的科学难题，其研究成果轰动世界。

"黄禹锡神话"的破灭始于2005年年底，据有关媒体披露，他的科研小组接受下属女研究员卵子用于研究，并给提供卵子的妇女酬金，违反了伦理道德。随后，他的研究小组成员、美国匹兹堡大学教授指出2005年黄禹锡论文中有造假成分。与此同时，首尔大学的调查研究委员会也对其进行了调查，结果证实黄禹锡在《科学》杂志上的两篇论文成果均属子虚乌有。这样，黄禹锡所有欺世盗名的行径都被一一披露。韩国政府宣布取消授予黄禹锡的"科学技术勋章"和"创造奖章"，并根据相关法律对他进行了制裁。

【点评】从来没有一个科学家被本民族寄予如此大的期望，黄禹锡从"民族英雄"一夜之间沦为"科学骗子"，这种大起大落让整个韩国科学界蒙羞，更让人类的克隆科学研究遭受重创。这起造假事件，既让人震惊，又让人为之扼腕。

（余夏　编稿）

金钱是善仆，也是恶主。

——［英国］培根

真诚才是人生最高的美德。

——［英国］乔叟

胆大妄为的利森

1995年2月27日，一个全世界震惊的日子，世界首家商业银行、经营了233年的英国皇家银行——巴林银行突然宣布倒闭。它给金融界造成的恐慌是前所未有的。令人感慨的是，这一切仅仅是因为一个28岁的交易员尼克·利森所玩的一场赌博。

利森在伦敦北区长大，出身工人家庭，18岁离开学校，1985年在伦敦金融区谋到了一份工作，1989年加入巴林银行。由于他富有耐心和毅力，善于逻辑推理，工作出色，1992年被巴林银行总部派往新加坡分行工作，并担任经理。利森被派到新加坡后不久，在1992年7月开设了"88888"号账户。然后，他就通过这个账户开始了未经授权的期货和期权交易，以赚取高额的奖金和期权权利金。

从1994年年底开始，利森认为日本股市将上扬，未经授权就做风险很大的被称作"套汇"的衍生金融商品交易，期望利用不同地区交易市场上的差价获利。在已购进价值70亿美元的日本日经股票指数期货后，利森又在日本债券和短期利率合同期货市场上做价值约200亿美元的空头交易。不幸的是，日经指数并未按照利森的想法走，到1994年12月31日为止，他在这个账户上累积的损失已经高达2.08亿英镑，可是自始至终他都声称赚了钱。

在巴林银行内部，他被看成是一个经营明星。巴林银行认为，从新加坡的期货公司赚来的利润主要是内部交易中的套汇，即在东京和新加坡各交易所之间的转手掉期，他们还认为这种交易对巴林银行并不构成真正的危险。

利森试图通过大量买进的方法促使日经指数上升，但都失败了。随着日经指数的进一步下跌，利森越亏越多，到1995年2月27日，"88888"号账户上累积的损失已达到8.3亿英镑，而整个巴林银行的资本和储备金只有8.6亿美元。对此，尽管英格兰银行采取了一系列的拯救措施，但都失败了。

利森企图用一种复杂的有系统的欺骗和谎报办法掩盖巨大的损失。在徒劳的挣扎后，利森开始策划出走，后在德国被捕。

尽管利森极力为自己开脱，但罪责难逃。新加坡以超越信托权限和伪造证件的罪名对他提出刑事指控。1995年12月，利森在新加坡被判刑六年半。

【点评】利森曾被英国银行界誉为金融界的骄子，是年轻有为的代表，但正是这个胆大妄为的年轻人，为了取得超额的利润和奖金，变得贪婪无比。可见，遏制贪婪的人性和建设健全的制度同样重要，两者缺一不可。

（戴小宝　编稿）

罪恶虽然可以掩饰一时，总免不了最后出乖露丑。

——［英国］莎士比亚

信用难得易失，费10年工夫积累的信用往往会由于一时的言行而失掉。

——［日本］池田大作

诈骗坑人的肯尼思

肯尼思·莱于1942年出生于美国密苏里州一个贫穷的家庭。1960年，他考上了密苏里大学，并在那里获得了MBA和经济学博士学位。

1985年，肯尼思·莱创办安然公司。1986年至2000年12月，出任安然首席执行官。在他的努力下，安然公司掌控着美国20%的电力和天然气交易，经营业务覆盖全球40多个国家和地区，营业收入突破1000亿美元，是美国十大公司之一，在《财富》杂志全球富豪500强排行榜中位居第七，公司连续六年被《财富》杂志评选为"美国最具创新精神公司"。2001年，随着安然公司造假欺骗股东、偷逃税款等丑闻一一曝光，肯尼思·莱一手营造的安然帝国轰然倒塌，他的财富神话被一一戳穿。

原来，为了追逐更多的利润，安然公司先后成立了多家离岸公司来避税，以提升公司盈利。离岸公司的设立使安然得以随心所欲地调遣资金而不被注意，同时能够掩盖公司的经营亏损。这样，公司变得"虚胖"了。但同时，公司高管不得不在每个季度绞尽脑汁掩盖亏损、虚增利润，以至于到了不能自拔的地步。

但是，企业的高层管理人员深谙公司机密，当企业步入危机时，他们通过弄虚作假，发布虚假的"利好"消息，操纵公司股价抬升，从中大捞一把，然后拍拍屁股一走了之。2000年8月，安然股票达到历史高位，每股90美元，这时肯尼思·莱开始抛售自己持有的公司股票。从2001年8月21日到10月26日，肯尼思·莱共抛出了2400万美元以上的安然股票，获利24700万美元，安然公司29名高级管理人员也在股价崩溃之前，出售了173万股股票，获得了11亿美元的巨额利润。

2001年10月中旬，安然公司公布第三季度业绩报告，亏损6.38亿美元。这样的利空消息一经宣布，安然公司的股票价格立即应声下跌，流通市值由巅峰时600多亿美元下跌到不足2亿美元。

肯尼思·莱和其他高级管理人员的过错造成了美国历史上最大的一起公司破产案，直接导致至少5000人失业，以及数以百亿计的美元资产蒸发，更在美国商界和政界掀起了威力骇人的丑闻大地震。

2006年5月，法庭裁定肯尼思·莱欺诈投资罪名成立，并定于10月23日宣布判刑。7月5日，肯尼思·莱因心脏病突然去世。

【点评】肯尼思·莱的卑劣行为，致使大量投资者遭受严重经济损失，致使企业员工沦为失业者，当这些破产企业高层管理人员个个成为千万、亿万富翁的同时，更多的人却因此变得更加贫穷。肯尼思·莱和安然公司的欺诈行为，最终遭到整个社会的唾弃和法律的制裁。

（戴小宝　编稿）

鉴古人之所有失，则求胜而败，图利而害，此必然也。

——［南宋］胡三省

热衷名利的人，像旋转轮上的狗，或笼中的松鼠，虽然它们一直在焦虑中不断地用力爬，但却永远达不到顶端。

——［英国］柏顿

折翼的"女飞人"琼斯

　　马里昂·琼斯，1975年10月出生在洛杉矶，曾经是世界上最光彩夺目的女运动员：短跑和跳远两个项目都独步江湖，在2000年的悉尼奥运会上更是傲视群雄，一个人勇夺女子100米、200米和4×400米接力三枚金牌以及跳远、4×100米接力两枚铜牌，美联社、路透社、ESPN和国际田联均将她评为年度最佳女运动员。从1997到2002年，三次获杰西·文斯奖，三度分享国际田联黄金联赛50公斤黄金，成为上世纪90年代末称霸田坛的百米"女飞人"。

　　但是在悉尼奥运会后的几年里，琼斯一直牵扯在兴奋剂的丑闻中，再也没有什么值得称道的成绩。2002年，琼斯的前夫亨特揭发琼斯使用过违禁药物，琼斯却矢口否认。2003年，美国巴尔科公司的实验室被爆出研制违禁药物类固醇THG，巴尔科实验室主任孔蒂揭发曾亲手为琼斯注射过违禁药物。当时，美国联邦机构也因为巴尔科丑闻审讯了琼斯，向她展示了一个名字叫"CLEAR"的类固醇物质。虽然琼斯发现这种物质正是1999年她的教练给她服用的东西，但是琼斯在法官和公众面前依然矢口否认自

已服用过这种药物，并对外宣称："孔蒂讲的没一句是真的。"2004年4月14日，琼斯在接受美国NBC电视台采访时说："我去雅典是要拿五块金牌的。我从未服用过兴奋剂，将来也绝对不会。我有天赋，我不需要服药。"由于没能找到足够的证据证明琼斯使用过违禁药品，琼斯就这样一直逍遥法外。

然而，谎言终究掩盖不了事实。琼斯在2007年写给家人与密友的信中，承认了自己在悉尼奥运会之前就使用了类固醇。信件很快被媒体曝光，琼斯使用兴奋剂丑闻案有了重大进展。2007年10月5日下午，琼斯在美国纽约州的怀特普莱恩斯出庭，面对众多的事实以及自己良心的谴责，琼斯终于在法庭上泪流满面地认罪忏悔，承认自己使用过违禁药物，并表示以前坚决否认自己使用过违禁药物是在说谎。

2007年11月，国际田联决定对琼斯予以处罚，取消其从2000年9月以来获得的个人和接力赛全部成绩，同时收回这期间她获得的70万美元的奖金。2007年12月，国际奥委会正式收回琼斯悉尼奥运会上所获的3金2铜。2008年1月12日，琼斯因向美国联邦调查人员撒谎作伪证被判入狱6个月。

【点评】一个在女子短跑项目中占据统治地位的巨星、田径场上的"女飞人"，却因为使用兴奋剂而被收回了曾经令她风光无限的奖牌，因为作伪证而锒铛入狱。琼斯的结局在令人痛惜之余，也告诫人们：所有名利都必须通过正当的途径来获得，靠弄虚作假骗取的东西只能是镜中花、水中月，终究一无所有。

（戴小宝　编稿）

以遵纪守法为荣
以违法乱纪为耻

YI ZUNJI SHOUFA WEI RONG
YI WEIFA-LUANJI WEI CHI

法律与纪律，是人类摆脱愚昧，走向文明的重要标志。一部人类文明史，就是不断从无序走向有序，从人治走向法治的历史。

国无法不治，民无法不立。人人守法纪，凡事依法纪，则社会安定，经济发展。倘若没有纪律的规范，失去法度的控制，各项秩序就无从保证，人们生存、发展的环境就会遭到破坏，人民群众就不可能安居乐业。各类社会主体遵纪守法乃是一个民族、一个国家、一个社会得以繁荣发展的基本条件。

当法治的阳光普照大地时，这是一幅多么和谐动人的图景。而阳光下不时闪现的阴影，却破坏了生活的美。

从古至今都有这样一些人，他们为了谋取个人的利益，或想方设法钻法纪的空子，或利用法纪对付别人，甚至视法纪为无物，公然藐视和践踏法纪。有道是"法网恢恢，疏而不漏"。违法的人不论多么有钱，不论过着怎样奢华的生活，实际上内心极度恐惧，惶惶不可终日。他们纵然一时之间得以享受权利、财富所带来的快感，终究逃不了法律的严惩。

意大利法学家贝卡利亚说：法律的力量应当跟随着公民，就像影子跟随着身体一样。在现代文明社会，每个公民更应该懂得遵纪守法的重要性，严格要求自己，从小事做起，从今天做起，做到明纪、知法、守法，争做遵纪守法的人。对于各种违法乱纪行为，每一个具有道德良知、法纪意识的公民，都应自觉地拿起法纪这一有力武器，与之作坚决斗争。

我们期盼着这样一个社会：人人崇尚法治，到处井然有序，每个遵纪守法的人感到光荣，得到尊重；而每个违背法纪的人都会被斥责、抵制、绳之以法。这样的社会才会令人向往，充满生机和希望。

法纪并不束缚我们的理想，相反，却为我们支撑起广阔的蓝天。

（彭海宝　编稿）

文臣不爱钱，武臣不惜死，天下太平矣。

——［南宋］岳飞

贪污和浪费是极大的犯罪。

——毛泽东

"饿虎将军"元晖

北魏后期，随着经济的发展和进步，元氏王室和鲜卑贵族们的生活日益腐化，政治也日趋腐败。贪污之风盛行，卖官鬻爵，贿赂公行，整个官场一片黑暗。

在无数的贪官污吏中，尤以右卫将军元晖和侍中卢昶最为典型，时人号为"饿虎将军，饥鹰侍中"。

元晖，元忠之子，常山王遵的玄孙。因为他是鲜卑皇室宗亲，虽是平庸之辈，毫无治国才能，却深受宣武帝的宠幸，官职连连擢升。先拜尚书主客郎，继而升给事黄门侍郎；再迁侍中，领右卫将军，侍从皇帝左右，执掌禁兵之权，一跃而成为中央政要。不久，又迁吏部尚书，将各级官吏的任免大权控制在手。

他在任吏部尚书期间，大肆卖官鬻爵，纳贿受贿。凡所用官，皆有定价：大郡两千匹，次郡一千匹，下郡五百匹，其余官职各有不同价格。由于吏部专以卖官为能事，故天下称之为"市曹"。

随后，元晖出任冀州刺史，也极尽搜刮之能事。他下令检查全州户口，允许隐瞒户口的家庭自首，但要出调绢5万匹。由于他聚敛无极，冀州的百姓都很害怕他。因此，他搜刮了大量的财富。离任之日，从信都

163

（今河北冀县）出发，至汤阴（今河南汤阴县）之间，装载物品的车一辆接一辆，首尾相继，道路不断。归途中发现车上少了牛角，就将路上看见的牛活生生地截下牛角，占为己有。

这样一个大贪官不但不受任何惩处，回京后反而继续受到重用，被提升为尚书左仆射（相当于宰相），兼吏部尚书选官事。而且他居然还恬不知耻地上书明帝说：各级官吏"若治绩无效，贪暴远闻"，应予贬免。朝中大权本来就掌控在像他这样的一批大贪官污吏之手，又有谁来贬免其他贪官污吏呢？

魏明帝统治时，北魏王朝已处于风雨飘摇之中。统治阶级内部矛盾重重，政治极端腐败，民不聊生，受害最重的河北一带更是"饥馑积年，户口逃散"，阶级矛盾空前激化。接着便爆发了"六镇"大起义和河北人民大起义，北魏王朝在各族人民大起义的浪潮中很快灭亡了。

【点评】"饿虎将军"元晖卖官鬻爵，极尽搜刮之能事，造成政治黑暗，民不聊生，北魏王朝随之灭亡。由此可见，贪赃枉法，既是元晖等贪官污吏个人道德的败坏，同时也是导致国家衰亡的重要根源。

（周兆望　编稿）

贫而无谄，富而无骄。

——［春秋］子贡

贪得无厌的欲望使人失其所有。

——［古希腊］德谟克利特

千古一贪和珅

和珅，字致斋，钮祜禄氏，满洲正红旗人。他的才华学问和擅权纳贿在历史上都很有名。

1775年的一天，乾隆帝准备出外巡视，叫侍从官员准备仪仗。官员一下子找不到仪仗用的黄盖，急得不知怎么办才好。乾隆帝十分恼火，问："这是谁干的好事？"官员们听到皇帝责问，吓得张口结舌。有一个青年校尉在旁从容不迫地说："管事的人不能推卸责任。"乾隆帝侧脸一看，那个校尉眉目清秀，态度镇静，乾隆帝心里高兴，把追问黄盖的事也忘了，问他叫什么名字。青年校尉回答叫和珅（shēn）。乾隆帝又问他的家庭情况，读过哪些书，和珅也无不对答如流。

乾隆帝十分赞赏和珅，马上宣布他总管仪仗。乾隆当了60年皇帝，志得意满，最喜欢听颂扬他的话，和珅就尽说顺耳的。日子一久，乾隆帝把和珅当作亲信，和珅也步步高升，不出十年，从一个侍卫提升到了大学士。后来，乾隆帝还把女儿和孝公主嫁给和珅的儿子。和珅跟皇帝攀上了亲家，那权势更别提有多大了。再加上乾隆帝年老力衰，朝政大事就自然落在和珅手里。

和珅掌了大权，大肆搜刮财富，不但接受贿赂、暗中贪污，而且公开勒索、明里掠夺。地方官员献给皇帝的贡品，都要经过和珅的手。和珅先

挑最精致稀罕的留给自己，挑剩下来的再送到宫里去。乾隆帝不查问，别人也不敢告发，他的贪心就越来越大了。

有一回，大臣孙士毅准备朝见乾隆帝，正巧在宫门口遇到了和珅。见孙士毅拿着一只盒子，和珅就问是什么东西，孙士毅说："是一只鼻烟壶。"和珅走上前去，不客气地把盒子抓在手里，见是用一颗大珠子雕刻出来的鼻烟壶，十分名贵，就涎皮赖脸地说："好宝贝！就送给我，怎么样？"孙士毅慌忙说："哎，不行了。这件宝贝是准备献给皇上的，昨天已经奏明皇上了。"和珅脸色一沉，把珠壶往孙士毅手里一塞，冷笑着说："跟你开个玩笑，何必那副寒酸相！"孙士毅把那只珠壶献给乾隆帝的几天后，又跟和珅碰在一起，只见和珅得意洋洋地说："我昨天也弄到一件宝贝，您看看，能不能跟您上次进贡的那只比？"孙士毅走过去一看，正是他献给乾隆帝的那只珠壶。

和珅利用他的权力地位，千方百计搜刮财富，一些朝臣和地方官员知道他的脾气，就尽量搜刮珍贵的珠宝去讨好和珅。大官压小吏，小吏又向百姓层层压榨，百姓的日子自然越来越难过了。

乾隆帝在做满60年皇帝后，传位给了太子颙琰（yóng yǎn）即嘉庆帝。嘉庆帝早知道和珅贪赃枉法的情况，过了三年，乾隆帝一死，嘉庆帝马上把和珅逮捕起来，命他自杀，并派官员查抄了和珅的家产。

和珅的豪富，本来是出了名的，但是抄家的结果，还是让大家大吃一惊。长长的一张抄家清单里，记载着金银财宝、绫罗绸缎、稀奇古董，多得数都数不清，粗粗估算一下，大约值白银8亿两之多，抵得上朝廷10年的收入。于是，民间就有人编了两句顺口溜讽刺说："和珅跌倒，嘉庆吃饱。"

【点评】和珅满腹经纶、应变机敏，本可以自己杰出的才能治国富民，千古流芳；然而，和珅却利用自己的权势，肆无忌惮地贪污索贿，乱政祸国，落得遗臭万年的下场。

（冷毛玉　编稿）

财能使人贪，色能使人嗜，名能使人矜，势能使人倚。

——［北宋］邵雍

狂热的欲望，会诱出危险的行动，干出荒谬的事情来。

——［美国］马克·吐温

逼婚杀人的黄克功

黄克功是一名经历了井冈山革命斗争和二万五千里长征的战功赫赫的年轻的红军将领。党中央在延安成立抗日军政大学，27岁的黄克功担任队长。英姿勃发、战功卓著的黄克功，得到年轻貌美、能歌善舞的女学员刘茜的仰慕，很快他们相爱了。

交往一段时间后，由于在生活、情调、年龄等方面差异太大，刘茜开始疏远黄克功。黄克功向刘茜送钱赠物，要求结婚，均遭拒绝。黄克功感到非常失望，认为失恋是人生莫大的耻辱，更听信谗言以为刘茜在陕北公学另有所爱。于是他去信责备，同时迫切要求结婚。刘茜感觉黄克功过于纠缠，态度坚决地要求分手。

1937年10月5日晚饭后，不甘心"打败仗"的黄克功将心爱的白朗宁手枪装进口袋，邀请刘茜到延河边走走，试图挽回这段感情。两人在河滩上站立一阵后，黄克功便开始责骂刘茜，要求她回心转意。刘茜不但没有悔意，反而声称他们之间不存在婚约，坚持与他分手。

黄克功看刘茜态度坚决，尤其是她那嘲弄、揶揄、轻视的目光，使他恼羞成怒。于是，他拔出了枪，拉住她的一只胳膊，歇斯底里地叫道：

"你答应不答应？"试图让她在枪口下改变主意，没想到她的眼光更锋利、更仇恨，这使他更加绝望。失去理智的黄克功先朝刘茜的肋间开了一枪，接着又朝她的头部开了一枪，刘茜面部模糊、全身是血倒在河滩上。

事情很快就败露了，黄克功如实坦白了犯罪经过。这件骇人听闻的案件，在全国引起了轰动。国民党借机大造谣言。在延安也存在两种不同的意见：大多数人认为，为严肃军纪，应将黄克功枪毙；也有少数人认为，黄克功是参加革命多年的老资格红军干部，并立有战功，可让他戴罪立功，将功赎罪。黄克功本人也几次上书边区高等法院和毛主席，请求戴罪立功。

终于，黄克功案件交给了人民公审。在公审现场，人们从他敞开的衬衣里，看到他全身伤疤连着伤疤，犹如打结的老树皮，延安的军民都为黄克功感到惋惜。在公审现场，工作人员带来了毛泽东主席的亲笔信，并建议当着黄克功的面在公审大会上宣读："……黄克功过去的斗争历史是光荣的，今天处以极刑，我及党中央的同志都是为之惋惜的。但他犯了不容赦免的大罪，以一个共产党员红军干部而有如此卑鄙的、残忍的、失掉党的立场的、失掉革命立场的、失掉人的立场的行为，如为赦免，便无以教育党，无以教育红军，无以教育革命者，并无以教育做一个普通的人。因此中央与军委便不得不根据他的罪恶行为，根据党与红军的纪律，处他以极刑。……一切共产党员，一切红军指战员，一切革命分子，都要以黄克功为前车之鉴。……"

功不抵过，法不容情，战功卓著的黄克功杀了人同样要偿命。

【点评】黄克功为个人私欲，破坏纪律，违反法令，以最残忍的手段枪杀革命同志的行为，为法律所不容。黄克功事件告诉人们：一个人无论功劳多大，职位多高，都不能成为其无视党纪国法的资本。

（吴峰　编稿）

人不可能把金钱带入坟墓，但金钱却能把人带入坟墓。

——佚名

贪侈会破坏人们的心灵纯质，因为不幸的是，你获得愈多，就愈贪婪，而且确实总感到不能满足自己。

——〔法国〕安格尔

堕入地狱的李真

　　李真，1962年出生于河北省张家口市一个干部家庭，1981年大专毕业，先后在张家口地区果树厂、油漆厂工作。1990年11月调河北省政府办公厅当秘书，1997年7月任河北省国税局局长。年仅36岁就担任正厅级领导干部的李真，随着政治上的暴发，私欲极度膨胀。他以河北官场上的"特殊人物"自居，目空一切，为所欲为。

　　李真在国税局作风霸道，专横跋扈。他为自己配备了三个秘书、两个女服务员和一个警卫人员。他每天上下班，一部电梯不准别人用，只供他专用。副局长及以下人员向他汇报工作需提前预约，否则不得进入他的办公室。为了捞取政治资本，根本不懂经济管理和税收运行机制的李真，在明知完不成国家下达税收征收指标的情况下，授意他人虚报超额完成税收任务，大肆编造政绩，骗取组织信任。李真曾对自己的政治未来狂妄地设计了一个发展蓝图，希望将来成为封疆大吏或进入国务院当副总理。

　　在野心勃勃、权力欲极度膨胀的同时，李真对金钱的追逐也有强烈的欲望。从他就任省政府办公厅秘书到案发被双规，7年间他利用职务之便，受贿人民币676万余元，美元16万元，伙同他人共同贪污人民币2967

万元。正如他本人所说："我的胃口越来越大，小到手表、项链，大到汽车、上百万的工程款回扣我都敢要，甚至连2000万元的公款都敢与人私分。可以说到了最后，我好像就管不住自己了，见了钱不捞，心就痒得慌。"有一件事可见他贪得无厌、欲壑难填的本性：听说中央纪委要查他时，他想把一个箱子里的钱转移到香港，但一看箱子里的钱还不满，就通过他的朋友通知一个想承包某工程的老板，让这个老板先送来50万元人民币，等工程合同签完后，再从里面扣，否则就要把工程承包给别人。那个老板把钱送来后，填满了这个箱子，李真把多余的钱放在另一个箱子里。

李真的所作所为受到了应有的惩处。2002年8月30日，唐山市中级人民法院依法判处李真死刑，结束了贪官李真的生命。

【点评】贪欲似火，不遏则自焚。李真被贪欲推向地狱之门的教训警醒人们，不论是为官还是做人，都必须克制私欲，遵纪守法，谁放纵私欲，违法乱纪，谁就必然受到法律的制裁。

（王华兰　编稿）

法者，所以兴功惧暴也；律者，所以定分止争也；令者，所以令人知事也。

——〔春秋〕管子

人贪权、钱、色，如双斧伐孤树，未有不倒者。

——佚名

"土皇帝"禹作敏

禹作敏，天津市静海县大邱庄原党支部书记、大邱庄农工商联合总公司原董事长。在他的领导下，大邱庄由华北盐碱地上的一个 "讨饭村"变成了总产值、人均收入等多项经济指标连年稳居第一位的中国 "首富村"。禹作敏一度成为国内外知名的 "新闻人物"。

禹作敏把大邱庄变成"中国第一村"的同时，也把自己当作掌控大邱庄天下的"土皇帝"。1990年3月的一天，大邱庄工业公司副总经理刘金刚的司机高玉川只说了一句"禹书记为女儿出嫁，在县城盖小洋楼花了不少钱"，禹作敏知道后怒发冲冠，这位司机随即受到审讯拷打，逼得服毒自杀。

1990年4月11日，禹作敏的一个叔伯侄女精神受了刺激，说是被她所在工厂的副厂长刘金会污辱所致，禹作敏非常气愤，纠集一些人将刘金会的父亲刘玉田打死。禹作敏不仅不惩罚杀人者，而且还亲自召开全厂职工大会，扬言"刘玉田该死"。一些人在他的煽动下喊出了"打死人无罪"的口号。

在大邱庄，总公司的会议室成了一个私设的公堂，里面准备了警棍、

皮鞭等刑讯器材，并设置了录音、录像设备，对所怀疑的对象进行审讯。禹作敏有时也亲自参与审讯，带头严刑逼供。

1992年12月13日，大邱庄所属的一名职员、外地来的养殖场业务员危福和因涉嫌贪污，被带到会议室要他交代问题。危福和说自己没有问题，打手们扒光他的上衣，用电警棍击，用三角皮带抽，一批人打累了再换另一批。这场非法的审讯持续了7个小时，26岁的危福和被殴打致死。

危福和事件发生后，12月15日晚，天津市公安局派员去调查，被村民拘禁13个小时。天津市市长大怒，亲自命令放人。目无党纪国法的禹作敏把家族、亲信都绑到他的战车上，决心抗争到底。当执法部门通缉嫌疑犯并开始搜查时，大邱庄在禹作敏的统一指挥下，调动汽车、拖拉机、马车，设置重重障碍，组成"五道防线"，叫嚣天津公安部门非法抓人，阻止执法部门执法。禹作敏还让领导班子成员组织3万人到县城游行，组织村民和工人手持棍棒和钢管，与维持村庄治安的武警全面对峙。

大邱庄事件引起了党中央的高度重视，在中央领导"依法办事"的指示下，禹作敏于1993年4月15日被天津市公安机关依法拘留。

1993年8月27日，63岁的禹作敏因犯窝藏罪、妨害公务罪、行贿罪、非法拘禁罪和非法管制罪，数罪并罚，被判处有期徒刑20年，剥夺政治权利两年。

【点评】从带领农民致富的先进典型蜕变为目无党纪国法的"土皇帝"，禹作敏的所作所为充分说明，一个人的功劳再大，没有人民的利益大；一个人的权力再大，没有法律的威力大。

（刘菊香　编稿）

> 通向犯罪的道路不仅是下坡路，而且坡度还很陡。
>
> ——［西班牙］塞内加
>
> 当一个人的心中充满了黑暗，罪恶便在那里滋长起来，有罪的并不是犯罪的人，而是那制造黑暗的人。
>
> ——［法国］雨果

残杀同窗的马加爵

　　2004年2月23日13时18分，昆明市公安局接到报警：云南大学学生公寓6栋317室的四个储物柜内分别藏匿着四具男尸！公安机关通过勘验、侦查核实和学校师生反复辨认，认定四名死者是云南大学生命科学学院生物技术专业2000级的学生唐学礼、杨开红、邵瑞杰和龚博，且四人都是在2月15日前后头颅受到钝器致命性打击损伤致死。

　　是谁制造了这起骇人听闻的血案？公安机关结合现场勘查、尸体检验及调查走访，最终将目标锁定在四名被害人的同学马加爵身上，而此时马加爵已去向不明。2月23日，云南省公安厅连夜向全省发出通缉令；2月24日，公安部向全国发出A级通缉令；新华社、中央电视台、新华网等媒体及时播发、刊登了公安部A级通缉令，城市和乡村的大街小巷、楼宇庭院到处都张贴着通缉令。马加爵陷入了人民群众警惕的眼睛和正义的汪洋大海之中。

　　2004年3月15日晚6时，三亚市公安局河西派出所接到群众举报，发现一个乞丐模样的人与马加爵特征极其相似。当地民警立即出动，在一处农贸市场附近的河堤上，将一个脚穿拖鞋、肮脏不堪、正在啃食馒头的人控

制住。经指纹比对和DNA鉴定，确认被抓人正是马加爵。

在强大的法律威慑下，马加爵如实交代了残忍杀害这几名同学的事实。

案发前几天，马加爵和邵瑞杰等几个同学打牌，邵瑞杰怀疑马加爵出牌作弊，两人发生了激烈争执。马加爵认为邵瑞杰、杨开红等人说他为人差、性格古怪，名声受到诋毁，遂产生杀人泄愤的恶念，并做了周密的杀人潜逃计划。于是他购买了铁锤，制作了假身份证，购买了火车票，以便作案后逃跑。

本来马加爵计划只杀害邵瑞杰、杨开红、龚博三人，因为唐学礼和马加爵住一个宿舍，妨碍了他实施杀人计划。于是，2月13日晚，唐学礼第一个惨遭厄运。杀了唐学礼后，马加爵把地上及桌上的血擦干净，把尸体放到衣柜里，用报纸等物包好。因为放寒假，没有人发现他的罪恶行径。第二天白天，马加爵继续与同学打牌。2月14日晚，趁邵瑞杰洗脚的时候，马加爵用同样手法将其杀死，仍将尸体塞入衣柜。2月15日中午，杨开红到马加爵的宿舍找邵瑞杰打牌，马加爵说邵瑞杰一会就回来，就在杨开红看报纸等候时，马加爵将他杀害。傍晚，马加爵跑到另一寝室将龚博叫到他的房间将其杀害。处理完龚博的尸体，他马上打出租车到了火车站，并在商店里买了衣服、水果，换衣服上了火车，开始了逃亡之路。

天网恢恢，疏而不漏。2004年6月17日，马加爵被执行死刑。

【点评】马加爵因琐事与同窗积怨，用极其残忍的手段剥夺四个朝阳般灿烂的生命，击碎了四个家庭的希望，最后自己也受到法律的严惩。人们在为此痛惜的同时，更应该从中吸取教训，学会坚强地面对生活中的挫折和困苦，善待他人，和睦相处。

（冷毛玉　编稿）

能明辨是非，就能抑止邪恶行为的萌发。

——［清］史襄哉

有些人因为贪婪，想得到更多的东西，却把现在所有的也失掉了。

——［古希腊］伊索

网络"毒王"李俊

2006年年底，我国互联网上大规模爆发"熊猫烧香"病毒及其变种，该病毒通过多种方式进行传播。一时间，一只憨态可掬的敬香熊猫成为无数电脑用户噩梦般的记忆，上百万个人用户、网吧及企业局域网用户遭受感染和破坏，损失难以估量，被列为当年十大网络病毒之首。

2007年2月12日，这例国内制作计算机病毒第一案在武汉告破，"熊猫烧香"病毒制造者李俊等八名嫌犯被全部抓获。

李俊，今年25岁，武汉市新洲区阳逻街人，中专毕业，自学了一些电脑技术。在家人和朋友的眼中，李俊内向、老实、善良，是个普普通通的年轻人，谁也无法将他和叱咤风云的网络"毒王"联系在一起。而事实上，因为求职不顺利，为发泄不满，更为了赚钱，李俊开始研究病毒。2003年李俊曾编写过"武汉男生"病毒，2005年编写了"武汉男生2005"病毒及"QQ尾巴"病毒，2006年10月16日编写了"熊猫烧香"病毒。

"熊猫烧香"除了带有病毒的所有特性外，还具有强烈的商业目的：可以暗中盗取用户游戏账号、QQ账号，以供出售牟利；可以控制受感染电脑，将其变为"网络僵尸"；可以暗中访问一些按访问流量付费的网

站，从中获利。

最初，李俊只是出于好奇和好玩，但经不住金钱的诱惑，就以自己出售和他人代卖的方式，每次要价3000元将该病毒卖给120余人，非法获利10万余元。经病毒购买者进一步传播，该病毒的各种变种在网上大面积传播。据估算，被"熊猫烧香"病毒控制的电脑数以百万计，它们访问按访问流量付费的网站，一年下来可累计获利上千万元。

根据《刑法》有关规定，故意制作、传播计算机病毒等破坏性程序，影响计算机系统正常运行，后果严重的行为，属破坏计算机信息系统罪。最终，李俊因制造"熊猫烧香"网络病毒、破坏计算机信息系统罪，获刑4年。

【点评】"熊猫烧香"病毒的肆虐，不但对社会造成了极大的危害，其制造者也自食其果，锒铛入狱。李俊的经历告诉人们：只有将自己的聪明才智奉献给社会，做对人民有益的事，才能实现个人的价值。

（章亮华　编稿）

谁不能控制邪欲，谁就把自己摆在畜生行列。

——［意大利］达·芬奇

守法和有良心的人，即使有迫切的需要也不会偷窃；可是，即使把百万金元给了盗贼，也没法指望他从此不偷盗。

——［俄国］克雷洛夫

"贼保姆"边旦清

2007年4月的一天，在上海电视台的一期法治节目中，一个看起来老实巴交的中年妇女正在讲述自己制作假身份证做保姆，对雇主下安眠药后实施抢劫、盗窃的犯罪经历。

这个名叫边旦清的保姆原在浙江诸暨农村生活，几年前与丈夫相继迷上了赌博，家里因此背上不少债务，迫于无奈踏上了赴上海打工之路。

只有初中文化、没有一技之长又年近五旬的边旦清，挑挑拣拣地在保姆介绍所里等了一个多星期，工作也没有着落。但从人们的闲谈中，边旦清听到一个快速致富的好方法：办张假身份证做保姆，偷了东家的钱财后马上离开。边旦清觉得这个方法天衣无缝，来钱又快又轻省，就悄悄花钱办了一张名叫"王玉英"的假身份证。

2005年8月，边旦清终于找到了照顾一名75岁瘫痪老人的工作。好不容易干了十多天，她就用偷偷配制的钥匙从雇主五斗橱中窃得1.5万元现金，又喜又怕的边旦清，连自己的衣物都没拿就不辞而别，逃之夭夭。

惴惴不安地过了一段时间后，边旦清的胆子大了起来，此时她又听说很多老人都是一个人住，只要喂点安眠药，家里的东西想怎么拿就怎么拿。

得到这一"提示"后，边旦清买来了安眠药，开始有意识地寻找下手目标。年龄大、生活不便的独居老人往往很难找到保姆，边旦清最乐意找这样的雇主，哪怕工资等条件很差，她都肯干。这些老人通常由子女选择保姆，因此她一开始总是装得很勤快、很诚实，以博得东家的信任。等老人的子女离开后，她就寻找时机下手，盗得钱物后马上失踪，过一段时间再寻找下手目标。2006年12月18日，边旦清来刘家当保姆的当晚，就下药让刘老先生和老伴昏睡过去。第二天早上，女儿前去探望时，家中财物不翼而飞，保姆边旦清也不见踪影。

刘老先生和女儿马上报案，警方很快在湖州一家旅馆里抓获了边旦清。按照边旦清在刘家麻醉抢劫、盗窃的数额和情节，法院判处她有期徒刑6年。

然而就在服刑期间，尤其是在电视播出案件情况后，又有一些雇主指证边旦清麻醉抢劫及盗窃行为。据检察机关查实，除了已定罪量刑的犯罪情节，边旦清还涉嫌抢劫7次，劫得金额3万余元，属于数额巨大；盗窃4次，盗得金额2万余元，也属于数额巨大。边旦清实施麻醉抢劫的对象年龄最小的也有75岁，甚至还有90高龄的瘫痪老人，犯罪情节十分恶劣。于是，检察机关对这个狡诈狠毒、损人利己的保姆再一次提起了公诉。

【点评】迷恋赌博、玩物丧志的边旦清，把罪恶的贼手伸向生活不便的高龄老人，打家劫舍获取钱财，其心可恶，其行可耻，最终把自己送进了监牢。边旦清的行为再一次证明：手莫伸，伸手必被捉。

（冷毛玉　编稿）

机关算尽太聪明，反误了卿卿性命。

——［清］曹雪芹

没有信仰，则没有名副其实的品行和生命。

——［美国］惠特曼

目无法纪的段义和

2007年7月9日，山东省济南市建设路一辆轿车在行驶中突然爆炸，据查，死者为这辆轿车车主、济南市国土资源局女干部柳海平。而策划制造这一爆炸事件的主犯是济南市人大常委会主任段义和。死于非命的柳海平是段义和的情妇。

段义和是山东省济河县人，1946年1月出生，1970年8月从西安交通大学无线电系自动控制专业毕业，分配至天津764厂工作。六年后，段义和调回济河县老家工作；1978年3月，调至山东省委组织部办公室；1984年3月，出任省委组织部青年干部处副处长；1994年2月，担任山东省电子工业局党委书记、副局长；同年，被派往聊城地区，挂职担任聊城地委副书记。段义和在仕途上可谓一帆风顺，春风得意。

为安排好他的生活，当时年仅18岁、从河北馆陶县农村来聊城打工的柳海平被指定为段义和的专职服务员。不久，年轻貌美的柳海平成为段义和的情妇。段义和对柳海平宠爱有加，不久就把她转为城镇户口，并帮她办理了招工手续，安排在聊城某电子集团工作。1997年12月至2001年1月，段义和担任济南市委副书记兼组织部长，2001年2月当选为济南市人大常委会主任。段义和的权力大了，柳海平的地位也随之水涨船高。她先

从聊城调往济南某街道办事处，由工人变成街道干部；然后由街道干部调至济南市财政局，成了国家公务员，后来又调至济南市国土资源局工作。为博取柳海平的欢心，段义和为她购买了住房、轿车，将其父母由无业人员安排为国家干部，并为他们办理了退休手续，妹妹也成了济南市某机关的公务员。但是，柳海平的胃口越来越大，不断向段义和索要钱财，并要求光明正大地嫁给段义和，如不满足要求，则向中纪委告发他。

柳海平显然已成为段义和身败名裂的定时炸弹。为了摆脱柳海平的纠缠，段义和萌生了杀人灭口的动机，多次与其侄女婿、济南市公安局治安支队三大队副队长陈志密谋。工程兵出身的陈志想到了一个自认为既能除去柳海平，又能自保的"上策"，那就是爆炸。得到段义和的同意后，陈志开始制造炸弹。段义和向他提供了柳海平的工作单位、住宅地址及照片、汽车遥控器等物品，并多次催促陈志赶快办好。2007年7月9日下午5时左右，陈志来到济南市国土资源局停车场，将炸药置于柳海平轿车驾驶座下，然后等柳海平驾车下班时，尾随其后，伺机引爆。当柳海平的车行至建设路时，陈志引爆了炸药，制造了这起震惊全国的爆炸案。此案侦破后，段义和与陈志均被判处死刑，受到了法律的严惩。

【点评】贪色腐化，是段义和从高官沦为杀人犯的直接起因；而柳海平死于非命则是她贪求享受的结果。段义和与柳海平的结局，无疑是警醒人们要洁身自好，培养高尚情操，抵制低级趣味腐蚀的极好的反面教材。

（王华兰　编稿）

临官莫如平，临财莫如廉。

——〔唐〕白居易

构成犯罪根源的东西并非金钱，而是对金钱的爱。

——〔英国〕斯梦尔兹

洗劫巴西的科洛尔

费尔南多·科洛尔·德梅洛在巴西共和国103年的历史上，是第一个通过直接选举产生的总统，如今却成了该国乃至拉美国家中第一个被弹劾的国家元首。

科洛尔是一个含着金钥匙出生的人，因为家族的势力加上个人的天赋，1979年年仅30岁的科洛尔出任马塞约市市长，开始了他的政坛弄潮生涯。

1990年3月15日，春风得意的科洛尔正式宣誓就职，成为总统府高原宫的新主人。科洛尔虽然爱财如命、风流成性，却十分注重在公众面前树立自己良好的形象。多行不义必自毙。1992年5月13日，科洛尔的亲弟弟佩德罗向巴西最有影响的杂志《阅读》周刊揭发了总统哥哥与那个红得发紫的大富豪法里亚斯种种非法的肮脏勾当，剥开了科洛尔"清廉、勤政"的画皮。

1992年6月初，巴西议会成立了"法里亚斯专案"调查委员会，大量的调查证据，勾勒出了他们官商勾结的犯罪事实：法里亚斯为科洛尔竞选成功打下了坚实的经济基础，立下了汗马功劳。投桃报李，科洛尔在各方面为法里亚斯的犯罪活动大开绿灯，使这个几年前连房租、水电费都难以在当月结清的落魄小卒，一跃成为在国内外拥有十多家大企业的亿万富翁。在科洛尔当政两年间，法里亚斯还掌握和控制了国家机构和公共企业50%以上的资金发放。另外，按照竞选时达成的交易协议，科洛尔默许法里亚斯在局级干部中安插其"信得过"的人。结果法里亚斯在司局级干部中共安插了40余人，其中有12个铁杆朋友，号称"十二金刚"。由这12金刚组成的集团被舆论界称为"平行政府"。这些人在科洛尔的纵容与庇护下，为所欲为，把巴西当成自己的领地，干起了"洗劫巴西"的罪恶勾当，巴西政府系统被搞得一团漆黑。当然，法里亚斯发财也不忘君恩，毫不吝啬地拿出大量的金钱，以博取科洛尔及其家人的欢心。科洛尔想修建别墅，法里亚斯就甩出了200万美元的支票。调查还表明，科洛尔作伪证，非法收受贿赂数百万元之巨，姑息养奸，包庇纵容，客观上参与了法里亚斯非法牟利的活动。

调查结果公布后，全国弹劾科洛尔的呼声一浪高过一浪。科洛尔陷入四面楚歌、穷途末路的境地。为了逃避被弹劾的下场，科洛尔召集亲政府的100多名议员开会，亲口许诺每一个支持他的人都会"有光辉的政治前途"。他还决定动用"巴西银行"本应拨给政府各部的资金，建立所谓"反弹劾基金"。每个投票反对弹劾总统的议员可得500万美元酬金，即使投弃权票，仍可获得50万美元。到案发时，已有248名议员得到1700万美元的"援助"。

【点评】一个国家领导人，想要获得权力和人民的尊重，唯有造福人民，服务人民；如果违法乱纪，利用手中的权力谋取私利，最终难逃人民的讨伐、法律的制裁。

（戴小宝　编稿）

天下从事者，不可以无法仪；无法仪而其事能成者无有也。

——［战国］墨子

人不可以无耻；无耻之耻，无耻矣。

——［战国］孟子

贪婪"驸马"丘尔巴诺夫

1936年11月11日，丘尔巴诺夫出生在莫斯科一个普通的五口之家，父亲是莫斯科市某区的党委书记，母亲是家庭妇女。他技术学校毕业后当过机械工人，参过军。1961年到内务部，任内卫部队上尉。1964年从莫斯科大学哲学系函授班毕业，并转到团中央工作。1970年重返内务部。

丘尔巴诺夫身体矫健，办事机敏，仪表堂堂，平时总是制服穿得笔挺，皮鞋踩得咔嚓咔嚓响。不久，他被挑去担任当时苏联最高领导人勃列日涅夫千金加琳娜的警卫。

善于阿谀奉承的丘尔巴诺夫侍候在加琳娜左右，关心备至，形影不离，把比他年长9岁的"公主"哄得团团转。1971年，44岁的加琳娜下嫁35岁的丘尔巴诺夫。丘尔巴诺夫当上"驸马"后，在当时的内务部长谢洛科夫的庇护下，在很短的时间内接连被提升为内务部政治部主任、内务部副部长，并攫取了上将军衔。

丘尔巴诺夫并不满足"驸马"、将军这些荣耀的光环，还要实实在在的物质享受。当上副部长之后，他使用各种手段，大肆受贿、索贿。一次，在视察乌兹别克的布哈拉州时，丘尔巴诺夫在州委第一书记卡利莫夫陪同下走进一家商店，店里的顾客虽不认识丘尔巴诺夫，但是看那派头猜想来的肯定是大人物，就向他抱怨商品短缺、生活困难等等。丘尔巴诺夫装着一副十分关心民众疾苦的样子，不仅狠狠地批评卡利莫夫，并且扬言要向莫斯科报告这个"严重问题"。卡利莫夫吓得浑身筛糠，生怕丢了乌纱帽，当晚摆下豪宴，大献殷勤，还悄悄塞给他1万卢布。这时，丘尔巴诺夫才露出笑脸，友好地拍拍卡利莫夫的肩膀说："好吧，我的书记同志，那件事我就不再向莫斯科报告了。"

丘尔巴诺夫还和地方各级官员沆瀣一气，为贪污腐败大开方便之门。他收受的最大一笔贿赂是1982年乌兹别克内务部长送给他的20万卢布。在1976—1982年短短六年间，丘尔巴诺夫总共受贿 656883卢布（合110万美元），超过当时一个苏联工人270年的工资。此外，他还利用自己的特殊地位接受并索要了高级地毯、精致茶具、珠宝文物等珍贵物品。

1987年2月，丘尔巴诺夫因贪污受贿、滥用职权罪而被捕，并被送交军事法庭。1988年12月30日，苏联最高军事审判庭宣布判处丘尔巴诺夫12年徒刑，并没收其财产。

【点评】丘尔巴诺夫从一名普通卫士到"驸马"将军，再到阶下囚的经历，警醒人们：无论你是平民百姓还是皇亲重臣，谁玩弄和践踏法律，必将受到法律的严厉制裁。

（戴小宝　编稿）

九牛一毫莫自夸，骄傲自满必翻车。
历览古今多少事，成由谦逊败由奢。

——陈毅

金钱的贪求和享乐的贪求，促使我们
成为它们的奴隶，也可以说，把我们
整个身心投入深渊。

——［古罗马］郎加纳斯

放纵堕落的马拉多纳

迭戈·阿曼多·马拉多纳，1960年10月30日出生于阿根廷首都布宜诺斯艾利斯，在这个把足球看得如同每日的食粮一样重要的国度，他几乎被视作一尊神。虽然身高只有1.69米，但是脚下技术却是出神入化，一生取得过无数的荣誉，尤其是他在阿根廷国家队取得的成就更为辉煌，曾夺得1979年世界青年锦标赛冠军、1986年世界杯冠军、1990年世界杯亚军以及1993年美洲杯冠军。1986年，他获得了欧洲足球先生和世界足球先生称号。由于他为球队和国家所带来的巨大荣誉，阿根廷总统梅内姆特别任命他为"阿根廷巡回大使"。

然而，这颗风光无限的巨星从1991年开始陨落了。1991年3月28日意大利足球协会传出消息：3月17日的甲级联赛中，马拉多纳尿样检测证明他曾服用违禁药品。3月29日，再次进行的尿样检测呈可卡因阳性反应。实际上，马拉多纳从1984年起就陷入毒品的深渊。次年，在西班牙巴塞罗那队受到摒弃的他转会意大利，受到非凡厚遇，鲜花、别墅、豪华游艇、漂亮女人接踵而至，处于事业巅峰的他骄横恣肆，毒品成为他追求奢侈逍遥生活的工具，并深陷其中不能自拔。

1992年3月，马拉多纳因贩毒被阿根廷警方拘捕，面对含泪惋惜的球迷，马拉多纳发表了《告球迷书》，诚恳地忏悔："名声、地位、金钱，容易使人变成魔鬼，也容易使人变成天使，关键在于自我控制，我对不起支持我的球迷。"

游走在天使与魔鬼之间的马拉多纳让球迷们又爱又恨，人们希望这名足坛巨星戒掉毒瘾，再在绿茵场上叱咤风云。马拉多纳似乎也在朝人们希望的方向发展。1994年，他参加了美国世界杯，帮助阿根廷队战胜了希腊队和尼日利亚队。然而，在兴奋剂检查中，被检出服用了禁用的麻黄素，他被取消了比赛资格。这是他最后一次也是最糟糕的一次世界杯经历。

马拉多纳的辉煌成就和放纵堕落都让人刻骨铭心。他公开承认吸毒，并且引以为自豪；他曾经用气枪射击采访他的记者；在国家级的电视节目中辱骂教皇；而那些大大小小的打人事件和风流韵事更是层出不穷。

如今，离开足坛许久的马拉多纳依旧是人们关注的焦点。2004年4月，马拉多纳因心脏病和高血压入院治疗，并且一度传出病危的消息，究其原因，罪魁祸首就是毒品。看着马拉多纳如今肥胖的身躯和憔悴的神情，人们不禁扼腕叹息：眼前的这个人难道就是当年那位球技出神入化的"绿茵之神"吗？

【点评】诚如马拉多纳自己所说的，名声、地位、金钱并不是魔鬼，也不是天使。如果人沉迷其中，把人变成魔鬼的，是人自己。

（刘妤　编稿）

德行告诉人们：反抗诱惑吧，那样你才有更多的机会做出高尚的行为来。

——［俄国］车尔尼雪夫斯基

多余的财富只能换取奢靡者的生活，而心灵的必需品是无需用钱购买的。

——［美国］梭洛

偷税敛财的彼特

德国女子网球运动员格拉芙是蜚声全球的网坛体育明星，从三岁起，父亲彼特就在家里手把手教她投掷网球，从此，网球就伴随着她，并给她带来一路的荣誉。1982年10月，12岁的格拉芙就成为世界青少年网球冠军。1987年6月5日，她获得了首个大满贯赛事冠军——法网女子单打冠军。1988年，19岁的格拉芙勇夺当年四大公开赛冠军，成为历史上第三位网球大满贯选手。然而，随之而来的不仅是鲜花和掌声以及巨额的奖金和广告收入，还有一场无法脱身的官司。

原来，格拉芙自从在网坛成名后，收入猛增，她自己却一心扑在事业上，各种财务收入一概交由父亲彼特管理。由于德国的个人所得税最高税率达到53%，彼特为了获得更多的金钱，费尽心思学习避税的"窍门"。1984年，他差点听从一个美国人的建议，准备移居欧洲小国摩纳哥，因为这个弹丸小国的所得税比德国低很多。后来，因为考虑到格拉芙家族世代植根德国，格拉芙离开德国球迷并失去德国各大公司的商业支持也难有发展，彼特只好无奈地放弃了这个打算。

后来在财务顾问的帮助下，彼特设计了一系列自以为聪明的逃税方

案。1987年，他成立一个名叫太阳公园的体育公司，把总部设在荷兰的阿姆斯特丹，与此同时，他又在欧洲另一个对资金来源和走向都不加过问的袖珍小国列支敦士登成立另外一家"皮包"公司。按照彼特的计划，各大商业公司的赞助、广告费都汇到阿姆斯特丹，然后再由彼特转汇到列支敦士登。这样，彼特便实现了他的逃税、漏税计划。

但是法网无情，1995年8月，德国警方经过长期跟踪和调查，终于把嫌疑犯彼特和财务顾问逮捕归案，彼特在无奈之下提出愿意以付清全部逃税款并交罚金200万美元换取警方的放弃起诉，但警方立场坚定，没有在明星和金钱面前动摇执法的决心。

1997年，时年59岁的彼特因为偷税漏税655万美元而被判处3年9个月的监禁。

【点评】依法纳税是每个公民的责任和义务。网球女后的父亲自以为聪明，企图逃税、漏税，损公肥私，结果只能落得个锒铛入狱的下场。

（戴小宝　编稿）

以艰苦奋斗为荣
以骄奢淫逸为耻

YI JIANKU-FENDOU WEI RONG
YI JIAOSHE-YINYI WEI CHI

艰苦奋斗，指的是不畏艰苦、不怕困难、坚忍不拔、顽强拼搏、勤俭朴素的精神风貌，包括了艰苦与奋斗两个方面。讲艰苦，不是毫无目的地自讨苦吃，而是意味着奋斗所要付出的必要代价。说奋斗，指的是为实现目标所需付出的具体的实际的行动。今天，我们强调以艰苦奋斗为荣，更注重的是一种精神力量、一种思想境界、一种道德情操。

　　艰苦奋斗是中华民族的传统美德。传说中的"精卫填海""愚公移山""大禹治水"等典故，生动展现了中华民族艰苦奋斗的精神；"艰难困苦，玉汝于成""生于忧患，死于安乐"等名言，则代代相传，代代受益。近代以来，正是依靠伟大的井冈山精神、长征精神等，中华民族才始终保持着强大的生命力和凝聚力，取得了革命的伟大胜利。

　　与"艰苦奋斗"相对立的就是"骄奢淫逸"。骄横是目空一切，奢侈是穷奢极欲，荒淫是道德沦丧，放荡是玩世不恭。"骄奢淫逸"的人，不是手中握有大权，就是拥有万贯家财。有的人当官做老爷，骄纵专横，言谈话语带着骄气，举手投足露出霸气；有的人挥霍公款，奢侈浪费，挥金如土，整天忙于迎来送往，过着灯红酒绿、纸醉金迷的生活；有的人贪图安逸，腐化堕落，在工作事业上则思想懒惰，不谋发展，不思进取。

　　"骄奢淫逸"使人堕落、麻醉、迷入歧途而不能自拔，像有毒的罂粟，花朵绚烂夺目，吃起来上瘾，危害无穷。小而言之，它可以使家业倾覆，甚至祸及个人生命；大而言之，它可以使国力枯竭，由盛而衰。这正如两千多年前的罗马帝国，在百姓艰苦奋斗、君主励精图治中强盛，而又在君臣的骄奢淫逸中被日耳曼雇佣军所灭。

　　"天行健，君子以自强不息。"让我们激发无畏的勇气，满怀必胜的豪情，永不停步，永远向前！蓝天白云下，艰苦奋斗的旋律，将响彻山水之间！

（彭海宝　编稿）

忧劳可以兴国，逸豫可以亡身。

————［北宋］欧阳修

说谎话的人所得到的，就只是即使说
了真话也没有人相信。

————［古希腊］伊索

烽火戏诸侯的周幽王

周幽王，名宫涅，是西周末代国君。

周幽王登基之后，根本不理朝政，整天只知道吃喝玩乐，耽于女色，曾经一连三个月都不上朝，导致国政荒废。周朝有个诸侯国叫褒国，其国君褒珦见周幽王如此昏庸，便来劝谏，结果周幽王大怒，把褒珦关进大牢。褒珦被周幽王囚禁之后，褒珦之子洪德闻讯焦急万分，于是便与母亲商量救父之策。他们听说周幽王喜好女色，便四处寻访，用重金买来了一个年轻漂亮的少女，取名"褒姒"，教她宫中礼仪，训练她的歌舞技艺，然后进献给周幽王。好色的幽王见了褒姒，果然大喜，马上下令放了褒珦。

褒姒入宫后万千宠爱集一身，并且不久就为幽王生了一个儿子，取名伯服。自此，幽王更加迷恋褒姒，为了讨得她的欢心，不久就找了个借口废了申后和太子宜臼，把褒姒立为王后，将伯服立为太子。申后遭此厄运，害怕宜臼被幽王加害，便让他去申地投奔外公以保全性命。宜臼强忍悲痛辞别了母后，趁夜逃出镐京（今陕西省西安市西南），投奔了申侯。

没有了申后在身边规劝，幽王更加荒淫无度，将国政完全置之脑后，整日与褒姒玩乐。幽王发现一件怪事，就是美人褒姒虽然整日玩乐，可从

来没有笑过，不管多么有趣的事情，她都没有露出笑意，更别说笑出声来了。幽王十分纳闷，对褒姒说："爱姬生得千娇百媚，若再开颜一笑，必定让人更加销魂。"褒姒淡淡地说道："贱妾生来就不善欢笑，大王不必见怪。"幽王哪里肯信，存心要让她一笑。于是贴出布告：有能让王后一笑者，赏金一千。告示一出，各种人争相献艺，有人来讲令人捧腹的笑话，有的表演让人忍俊不禁的怪相。可是褒姒听了看了，脸上依旧还是没有一丝笑容。幽王手下有个大臣叫虢石父，正事不干，却是个溜须拍马的高手。他想出一个"烽火戏诸侯"的办法奏与幽王，原来，周朝时遇到敌情，主要靠烽火台传递军情。烽火台遍布全国各地，相邻的诸侯能相互看见，如果发现了敌情，在白天点燃晒干的狼粪，据说狼粪点燃后，其烟不散，易于看到通过"狼烟"传递的情报；倘若是晚上，就点燃柴草，靠火光报告敌情。这样一台传一台，用不了多少时间，紧急的军情就能传遍全国，各地诸侯就会率部队赶往京城，听候调遣。

幽王得了这个"妙计"，高兴异常，决定一试。一天，秋高气爽，幽王带着褒姒来到城楼登高远望，水光山色，尽收眼底。幽王此时下令点燃烽火报警，顿时狼烟四起，直冲云天。远近诸侯看到狼烟，以为敌国来犯，于是纷纷点兵备马，奔向镐京。等他们赶到镐京城下，只见幽王正和褒姒坐在城楼上喝酒看热闹，哪里有敌兵的影子！诸侯一阵奔忙，狼狈的样子把褒姒给逗乐了。幽王见褒姒笑靥如花，心中大喜，马上赏赐了虢石父千金。可怜那些诸侯，白白奔波一场，赌气带兵回国去了。

再说申后的父亲申侯见到外孙宜臼，得知幽王废掉了申后和太子宜臼，非常气愤，于是就设计向犬戎借兵攻周，要出这口恶气。犬戎兵强马壮，并且早有东侵之意。见到申侯来借兵，正中下怀，立刻发兵前来攻打镐京。幽王看到犬戎兵马扑来，赶紧派人去点燃烽火，向诸侯求救。狼烟升起，却没有诸侯一兵一马前来。原来诸侯上次受骗之后，不再相信狼烟，以为还是在戏弄他们。就这样，镐京被犬戎攻破，幽王逃到骊山脚下，被追兵所杀，褒姒也被犬戎人抓走了。

　　【点评】荒淫无道的周幽王任用奸臣，但他仍然看不清形势，为获褒姒一笑，"烽火戏诸侯"，把军事当成儿戏，随意破坏制度，招致天下离叛。最后亡国破家，成为历史的笑柄。

（吴峰　编稿）

沉湎酒色的汉成帝

汉成帝刘骜，20岁即位，西汉的第九个皇帝。成帝统治期间，政治日益腐败，大地主、大官僚争相兼并土地，导致农民起义此起彼伏，西汉王朝岌岌可危。可成帝却常年纵情声色，荒淫无度，最后导致王莽专权。

成帝一即位便花了大量金钱建造霄游宫、飞行殿，供自己淫乐。后宫佳丽成群，他还觉得不够，经常身着便装，到宫外去寻求刺激。遇上歌女赵飞燕姊妹，宠爱万分。据说赵飞燕体态轻盈，能够在宫人的手掌上跳舞，妹妹赵合德更是媚态百生、柔若无骨。她们会秘制一种香料，使全身都散发着一股挥之不去的雅香。成帝深深地迷恋其中。他将女人的怀抱称作"温柔乡"，说："我愿一生一世都躺在温柔乡中，一直到死。"他令工匠在皇宫太液池建造了一艘华丽的御船，整天莺歌燕舞，不理朝政。又造了一座朝阳宫，宫中内庭全部涂成朱红色，台阶是用汉白玉砌成的，就连椽木的环也是金子打造，里面镶上蓝田玉和翡翠，其豪华程度难以想象。他分别立赵飞燕为皇后、赵合德为昭仪，从此赵氏姊妹权盖后宫。

古人云："虎毒不食子。"可成帝为了取悦美人，竟先后残忍地将自己的两个亲骨肉掐死。由于赵氏姊妹一直没有生育，为了保住地位，她们也不让别的嫔妃有孩子。公元前11年，有一位许美人生了一男孩。赵合德知道后，立即跑到成帝跟前大吵大闹，并威胁要寻死。成帝诏令交出婴孩，用芦苇编的箩筐带到赵合德跟前，然后成帝亲自把尚在襁褓中的亲生骨肉掐死了。而在此之前，成帝还杀害了自己另一个亲生孩子。

成帝死后无子，政权被王莽篡夺。

【点评】汉成帝虽然不是亡国之君，但却加剧了社会的动乱和百姓的苦难。他身为一国之君却自甘堕落，迷恋酒色，荒淫无度，最后竟死在"温柔乡"中。而由于他昏庸失政，留下了王莽篡汉的祸根。

（晏国彬　编稿）

不戚戚于贫贱，不汲汲于富贵。

——［东晋］陶渊明

从物质的消耗中谋求欢乐，才是人生真正的悲哀。

——［匈牙利］裴多菲

"日食万钱"的何曾

何曾，字颖考，199年出生在陈国阳夏（今河南太康县）。何曾出身名门世家，年少时即袭父爵位，受封为阳武亭侯，以好学博闻闻名于世。魏明帝时改封为平原侯，任散骑侍郎、典农中郎将，主张为政之道在于得人。他曾出任河内（今河南泌阳县）太守，为政以威严著称，也曾对魏末晋初《刑法志》的修订做出过贡献。他与司马懿私交甚厚，曹爽专权时，司马懿称病退位，韬光养晦，何曾也跟着称病辞官。司马昭晋位为晋王时，何曾首先行叩拜之礼，在司马炎确立太子地位的过程中也起到了比较关键的作用。司马炎袭晋王位时，拜何曾为丞相；代魏自立为帝后，升何曾为太尉，后又晋升太傅，并晋爵为公，享受坐车佩剑上殿的特殊礼遇。但他仍依附权势比他高的贾充，因此为正直之士所不齿。

何曾恪守儒家礼教，以仁孝而备受士人推崇。但他生性豪奢，追求华丽的物质生活。帷帐衣服，都用高档丝绸制成，图案巧夺天工，令人眼花缭乱；所乘坐的车子用铜钩代替拉车用的绳子，甚至用玉石装饰牛蹄角。他尤其在吃饭上下功夫，每一顿饭菜肴之多、滋味之美，那些王侯帝戚之家的饮食也比不上。晋武帝每次宴请大臣，他都嫌皇宫里做的饭菜味道不好，难以下咽，晋武帝也不生气，反而特许他享用家里带来的小灶。

像馒头这样的北方主食，他也只吃表面裂为十字的开花馒头，因为这样的馒头富有弹性，吃起来香甜可口。他家里每天的饮食支出就花费1万钱，他却还是抱怨饭菜味道不好，无处下筷子。他不仅自己奢侈，还倡导别人奢侈。他的儿子何劭更是"青出于蓝而胜于蓝"，喜欢遍尝天下的珍异美食，一天的饮食支出以2万钱为限。何曾还吩咐侍从，别人给他写的信，如果是用小纸写的，就不要报上来。刘毅等大臣屡次弹劾他奢侈无度、太过浪费，晋武帝却因为他是朝廷重臣，一笑置之，从不责备。何曾的子孙大多秉持家风，骄奢淫逸，仗势凌人，在西晋后期八王之乱、永嘉之乱中，何氏子孙灭亡无遗。

【点评】何曾喜好饮食本无可厚非，但他苛求美味以至奢侈无度却是不可取的，当时就有人不断弹劾他，甚至在他死后博士秦秀还建议给他以"缪丑"的恶谥。后世也以他为奢侈的典型，加以批评。

（孙丽　编稿）

197

> 居安思危，戒奢以俭。
>
> ——［唐］魏征
>
> 光有金钱而没有最崇高的思想的社会是会崩溃的。
>
> ——［俄国］陀思妥耶夫斯基

斗富比阔的王恺

西晋统治集团和世家大族以穷奢极欲的生活风气著称于世。开国皇帝晋武帝就是个荒淫无度的人，平吴之后，天下初安，他便怠于政事，专事游宴。后宫蓄有姬妾宫女近万人，为了挑选美女充实后宫，他下令在全国各地选美，闹得天下鸡犬不宁，年轻女孩们只好穿着破旧衣服，装成丑陋的样子来躲避。

皇帝如此，自然上行下效，于是整个世家大族阶层，竞相效尤，无不以豪华奢侈为荣。其中，王恺、石崇斗富的闹剧，正是这种恶劣风气的典型。

王恺，东海郯（今山东郯城县）人，晋武帝的舅舅，是当时首屈一指的贵戚豪家。石崇，渤海南皮（今河北南皮县）人，曾任荆州刺史，靠劫掠商船而成巨富。他家财产丰厚，室宇宏丽，平时生活是"丝竹尽当时之选，庖膳穷水陆之珍"。

王恺、石崇二人相互比豪斗富，变着花样炫耀自己，以压倒对方。王恺家做完饭后，用麦芽糖洗锅，石崇家做饭就用白蜡当柴烧；王恺用紫色的丝布做成步障40里，石崇就用织锦花缎，做出更华丽的步障50里。

当时人评论王恺比不过石崇，王恺很不服气。于是，晋武帝就暗中支持王恺，想帮他胜过石崇，便把宫中一株珍贵的珊瑚树赐给王恺。这株珊瑚高两尺多，枝叶扶疏，是世所罕见的宝物。王恺得意地拿来向石崇炫耀，谁知石崇却没有正眼看一看，随手拿起一把铁如意击打，珊瑚树应声而碎。王恺很惋惜心疼，认为石崇妒忌他的宝物，便厉声加以责怪。石崇漫不经心地说：“不必心疼，我马上还给你。”随即命左右仆人把家中的珊瑚树取来一大堆，让王恺任选。其中三四尺高的就有六七株，株株条干绝俗，光彩耀日。像王恺那株二尺左右的珊瑚，就更多了。王恺只好甘拜下风。

此时，老百姓的生活却痛苦不堪，天灾人祸，接踵而至，到处出现"流尸满河，白骨蔽野"的惨景。这与贵戚豪族纸醉金迷的生活形成鲜明的对比。于是，各地流民起义此起彼伏，接连不断，阶级矛盾十分尖锐，西晋王朝立国不久就短命夭亡了。

【点评】　一个国家的统治者和统治阶级，如果不是以为国家、为人民做出贡献的大小来衡量，而是以金钱的多少、生活的奢俭来衡量，那么，这个国家离灭亡就不远了。西晋在短期内夭亡也充分说明：勤俭能立邦，奢靡则亡国。

（周兆望　编稿）

醉生梦死的陈后主

陈后主陈叔宝，字元秀，小字黄奴，吴兴长城（今浙江长兴东）人。太建十四年（582年），宣帝死，太子叔宝继位，是南朝陈最后一个皇帝。

在陈后主统治时，陈朝政治日趋腐败。他耽于酒色，生活奢侈，日夜与嫔妃、文臣游宴后庭，制作艳诗。对于政事，则是毫不在意。他视百姓为草芥，横征暴敛，刑罚苛重，百姓被逼得过不了日子，流离失所，到处可见倒毙的尸体。

他的后宫姬妾成群，曾在一年之内连续数次广招天下美女，择其貌美者封为贵嫔。为了能够金屋藏娇，他大兴土木，建起了三座豪华的楼阁。阁高数十丈，袤延数十间，穷土木之奇，极人工之巧。窗户墙壁栏杆，都是沉檀木做的，以金玉珠翠装饰。门口垂着珍珠帘，里面设有宝床宝帐。服玩珍奇，器物瑰丽，皆近古未有。陈后主和宠妃经常在宫里举行酒宴，总是喝得醉醺醺的。宴会的时候，大家通宵达旦地喝酒赋诗，你唱他和，还把他们的诗配上曲子，挑选一千多个宫女为他们演唱。陈后主曾作《玉树后庭花》："丽宇芳林对高阁，新装艳质本倾城；映户凝娇乍不进，出帷含态笑相迎。妖姬脸似花含露，玉树流光照后庭；花开花落不长久，落红满地归寂中！"　"玉树后庭花，花开不复久"，成为有名的亡国之音。

　　当时，北方的隋朝已渐渐强大起来，决心消灭南方的陈朝。而陈后主却还跟宠妃、文人们醉得东倒西歪，他收到警报，连拆都没有拆，就往床下一丢了事。后来，警报越来越紧急了，有的大臣一再请求商议抵抗隋兵的事，陈后主这才召集大臣商议。陈后主说："东南是个福地，从前北齐来攻过三次，北周也来了两次，都失败了。这次隋兵来，还不是一样来送死，没有什么可怕的。"他的宠臣孔范也附和着说："陛下说得对。我们有长江天险，隋兵又不长翅膀，难道能飞得过来！这一定是守江的官员想贪功，故意造出这个假情报来。"大家你一言，我一语，根本不把隋兵进攻当作一回事，笑话了一阵，又照样叫歌女奏乐，喝起酒来。

　　公元589年正月，隋军分道攻入建康（今南京市），陈后主与两个宠妃躲入井中被俘，陈朝灭亡。隋仁寿四年（公元604年），陈后主死于洛阳，时年52岁。

　　【点评】陈的灭亡，主要原因是陈后主奢侈享乐，整日醉生梦死。在他眼中，作诗度曲才是正业，而管理国家则是"副业"。这就注定了陈后主的好日子如同玉树后庭花一样短暂。如果他把作诗和喝酒的心思用于治国，岂会落得如此下场。

（晏国彬　编稿）

专己者孤，拒谏者塞，孤塞之政，亡
国之风也。

——［南朝］范晔

不念居安思危，戒奢以俭；斯以伐根
而求木茂，塞源而欲流长也。

——［唐］魏征

荒淫无度的隋炀帝

隋炀帝杨广是我国历史上著名的暴君，他是隋文帝第二子。原本哥哥杨勇是太子，杨广假装仁孝，靠玩弄阴谋而骗取隋文帝的信任，使文帝废掉了杨勇，立他为太子。604年7月，文帝病重，杨广残忍地将父亲杀死，又杀哥哥杨勇，迫不及待地登上了皇帝的宝座。

隋炀帝即位后，挥霍无度，过着荒淫无耻的生活。他一上台，就征发民工，大兴土木。大的工程要常年役使一二百万人，较小的也要征用一二十万人。他命宇文恺（隋代建筑家）营建东都洛阳，皇宫用的梁柱，要远从现在的江西运来，一根大柱要用2000人拉，运到洛阳需要数十万民工。这项工程常年役使200万人以上，在官吏的催逼下，十分之四五的役丁悲惨地死去，装运尸体的车辆在中原一带往来不绝。为了供自己赏玩，他在洛阳西郊修建了一座大花园——西苑。西苑里的大量奇花异草、珍禽怪兽，多从南方各地收罗而来，消耗了无数的人力、物力和财力。他还在全国各地大肆修建离宫，以供巡游之用。

隋炀帝每年要外出巡游，以满足个人游玩享乐的欲望。他曾三次出游风景秀丽的江都（今江苏扬州），仅605年秋的第一次巡游，率领的宫妃、百官、随从就多达20万人，乘坐的龙舟和各种豪华大船多至数千艘。船队首尾相连，长200余里，仅拉纤的役夫就达8万多人，还有大队骑兵夹岸护送。船上之人饮酒作乐，夜晚灯火通明，鼓乐之声闻于数里之外。

为了满足船队大批人员的享受，隋炀帝命令两岸百姓给他们准备吃的喝的。沿途500里之内的百姓，都被迫贡献珍贵食品，有的州县官员逼着老百姓送去上百桌酒席，吃不完的，就在岸边掘个坑埋掉。巡游队伍所过之处，像一群蝗虫，把沿途百姓搜刮得精光。许多郡县甚至强迫农民预交几年的赋税，弄得农民倾家荡产。610年和616年，炀帝又先后两次巡幸江都。在江都接见地方官，献礼多的就升官，献礼少的就罢免。于是地方官拼命搜刮，逼得百姓吃树皮草根，甚至出现人吃人的现象。

为了炫耀武力，从612年2月至614年，隋炀帝还连续三次发动对高丽的侵略战争。战争给人民带来了深重的灾难，为了赶造战船，在东莱（今山东掖县）海口，船工们被迫站在水中，不分昼夜地作业，腰部以下都腐烂生了蛆，十人中就有三四人死去；为了运送军粮，征调民夫230万人，途中热死累死的不计其数，尸体被遗弃道旁，满路臭秽。广大百姓被逼得家破人亡，大量田地荒芜，社会生产力遭到严重破坏，阶级矛盾急剧激化起来。

从611年开始，河北、山东等地爆发了大规模的农民起义。短短几年时间，起义烽火遍布全国各地。618年，禁军将领宇文化及发动兵变，将隋炀帝勒死。腐朽残暴的隋王朝，在农民起义的烈火中灭亡了。

【点评】为满足荒淫无度的腐朽生活而横征暴敛，必然引起民怨沸腾，导致亡国，商纣王、秦始皇、隋炀帝等封建暴君莫不如是。历史告诉我们，在任何时候，都应该保持艰苦奋斗的作风，反对骄奢淫逸。

（周兆望　编稿）

203

贪求享乐，是一种使人极端无耻、不可救药的毛病。

——［古罗马］郎加纳斯

奢侈的必然后果——风化的解体——反过来又引起趣味的腐化。

——［法国］卢梭

穷奢极欲的宋徽宗

宋徽宗名叫赵佶，是神宗的第11子，元丰五年（1082年）生于宫中。他是一个才华横溢的书画家，尤精花鸟、书法。2002年在嘉德拍卖会上，他的作品《写生珍禽图》被美国的一家机构以2530万元买下，创下了帝王绘画作品的最高纪录。

作为艺术家，赵佶也许可以名垂青史，但是作为皇帝，赵佶的贪玩荒淫却葬送了大好河山，成为历史上有名的亡国之君。

赵佶继位之后，重用蔡京、王黼、童贯、李彦、梁师成、朱勔等人，这些人被当时人称为"六贼"。他们互相勾结，公开卖官求利，甚至所卖的官都有定价。而赵佶则一心追求享乐。他大兴土木，修建宫殿园林。为了修延福宫、艮岳等皇家园林，他命童贯在苏州、杭州主持苏杭造作局，役使几千名工匠，制造象牙、牛角、金玉等各种奢侈品。又设苏杭应奉局，专门从东南各地搜罗各种奇花异石，再用船沿着运河输送到开封，每10船组成一纲，称为"花石纲"。"花石纲"害得许多百姓倾家荡产、家破人亡，并导致了方腊起义。

如此穷奢极侈，使宋朝历年的积蓄挥霍一空。宋徽宗又变着法子搜刮百姓，如增加赋税，滥发纸币"钱引"，建立"西城括田所"，侵夺民田作为"公田"，仅10年间，就夺得民田300万亩。

当宋徽宗沉浸在花鸟虫鱼、诗词歌舞、美色珍馐的世界时，公元1125年冬，北方的金国南下攻宋，一路攻城略地，势如破竹，第二年初就兵临汴京城下。宋徽宗吓得赶忙把皇位传给儿子，带领亲兵、后妃南下避难。宋向金人屈膝求和，满足金人的一切无理要求。徽宗并没有从此以国事为重，而是以为天下无事了，高兴地回到汴京，重新过起了荒淫奢靡的宫廷生活。

靖康二年（1127年），金军再次攻破北宋都城东京汴梁，俘虏了当时已经退位为太上皇的赵佶和他的儿子宋钦宗，并将他们押回金国囚禁。赵佶在囚禁岁月里痛楚地写下了"彻夜西风撼破扉，萧条孤馆一灯微；家山回首三千里，目断山南无雁飞"的诗句。在被囚禁了九年之后，公元1135年，受尽屈辱和折磨的赵佶终于落得客死敌国的可悲下场。

【点评】自古以来，玩物丧志者不计其数。作为一国之君，宋徽宗赵佶不能自我克制，而是穷奢极侈、荒淫无度，最终祸国殃民，他自己也死于非命。这种遭遇，值得后人引以为戒。

（尚田　编稿）

历览前贤国与家，成由勤俭破由奢。

——[唐]李商隐

一个人如果过分地追求吃喝玩乐，就会使自己深陷泥潭而不能自拔。

——吴运铎

骄奢淫逸的慈禧

　　慈禧，叶赫那拉氏，满洲镶蓝旗人。清咸丰皇帝的贵妃，同治（载淳）皇帝的生母。1861年8月，咸丰帝病死于热河避暑山庄，6岁的载淳继位，叶赫那拉氏被尊为慈禧皇太后。她垂帘听政，操纵同治、光绪两朝统治大权长达48年，是晚清政治舞台上赫赫有名的铁腕人物。

　　进入权力巅峰状态的慈禧，为了享尽人间的富贵荣华，每日用度的铺张和浪费是相当惊人的。在饮食方面，侍奉其日常饮食的御膳房集中了全国最好的厨师，并从各地采办"禽八珍""海八珍""草八珍"等，做成全国最好的名菜名点，供她享用。每日两顿正餐，按规定需上100碗不同的山珍海味，另外两次小吃，至少也有20碗菜肴点心。进膳的餐具，冬天用金银暖锅和银质暖盘、暖碗，夏天用水晶、玛瑙和细瓷的盘碗。每品菜上均有银质的试毒牌，长3寸，宽5分，菜中如有毒，银牌即变色。筷子为镶金的象牙筷，匙则金银质地皆备。

　　慈禧执掌政权时期，晚清内忧外患不断，统治岌岌可危。慈禧不顾国家安危，为满足自己"颐养"、游乐之欲，下懿旨重修三海，重点改造颐和园。在当时清政府的财政几濒破产、帝国主义列强企图瓜分中国的情况下，慈禧竟挪用海军军费，大兴土木修缮颐和园。据估算，仅修园就花费白银

3000万两，装饰从颐和园至紫禁城沿途景点用去白银240万两。

慈禧的穷奢极欲，削弱了国家的财力和军力，使风雨飘摇的清王朝摇摇欲坠，人民饱受帝国主义铁蹄的蹂躏。据记载，北洋海军在1888年正式组建时，其实力大大超过日本海军，然而此后至甲午战争前的六年，由于经费紧张便未再添置一舰，未再更新一门火炮，甚至连正常的维修都不能保证。相反，这期间日本平均每年添置新舰两艘。到甲午海战时，日本舰队的航速与火力都大大超过北洋舰队。1894年11月7日，日军侵占大连湾，这一天正是慈禧生日，前方军情急电雪片般飞来，慈禧却不为所动，依然在颐和园升殿庆贺，大宴群臣。中国战败后与日本签订了丧权辱国的《马关条约》。

慈禧生前死后都享尽奢华，陪葬的珍宝价值高达上亿两白银。据史料记载，入殓时的慈禧头戴镶嵌珍珠宝石的凤冠，冠上一颗珍珠重4两，大如鸡蛋，当时就值白银1000多万两；口内含夜明珠一粒，据传夜间百步之内可照见头发；颈脖上有朝珠3挂，两挂是珍珠的，一挂为红宝石的；身穿金丝礼服，外罩绣花串珠褂，足蹬朝靴，手执玉莲花一枝。在其身旁，还陪葬着金、玉佛像，以及各种宝玉石、珊瑚等。据说，当宝物殓葬完毕后，送葬的人发现棺内还有孔隙，就又倒进了4升珍珠和2200块红、蓝、祖母绿宝石。光这些"填空"的珠宝，就价值223万两白银。

由于陪葬品价值连城，引得不少贪财者垂涎欲滴。1928年7月，军阀孙殿英盗掘了慈禧墓。期盼死后进入乐土的慈禧，死后却不得安宁。

【点评】慈禧追求享乐，奢侈腐败，甚至在外族入侵、国家危亡之时，仍不惜挪用海军军费、搜刮民脂民膏来满足个人私欲，致使国家战败，丧权辱国。慈禧是中华民族的千古罪人。

（宋三平 编稿）

207

奢靡亡政的洪秀全

　　洪秀全，原名仁坤，太平天国农民起义的主要领导人。1814年出生，广东花县人。七岁入私塾读书，从1828年至1843年间曾四次到广州参加科考，结果都名落孙山。科场的失意，使他产生了对现实的不满。有一天，他无意间从书柜里拿起《劝世良言》阅读，对其中所讲的基督教的一些教义颇感新鲜，开始敬拜上帝。之后，与冯云山一起至广东、广西一带劝说民众信奉上帝。1851年1月，他召集所有拜上帝的会众在广西金田村发动起义，反对清朝统治，自封天王，建号"太平天国"。经过两年多的战争，1853年3月太平军打下金陵（今南京），定都于此，改名为天京。

　　定都天京后，洪秀全的思想逐渐封建化，他脱离实际，脱离战斗，脱离群众，厌倦艰苦的生活，追求享乐，过着骄奢淫逸的生活，以致太平天国政权最终丧失。

　　一到天京，洪秀全就大兴土木，耗费大量的人力、物力和财力，建造"侈丽无匹"的天王府。据史书记载，重建的天王府"城周围十余里，墙高数丈，内外两重，雕琢精巧，金碧辉煌"。天王则深居王府，有1621人的庞大队伍为他的生活服务，他纵情享乐，几乎不过问政事。王府内妻妾成群，宫女上千。据他的儿子讲，他"有八十八个母后"，"九岁时就给我四个妻子"。事实上，从金田起义开始，洪秀全就一直在选秀，以满足其享乐的生活。

洪秀全对他的那些后妃们有严格的要求，规定了所谓的"十该打"，即服事不虔诚，一该打；硬颈不听教，二该打；起眼看丈夫，三该打；问王不虔诚，四该打；躁气不纯静，五该打；讲话极大声，六该打；有喙（唤）不应声，七该打；面情不欢喜，八该打；眼左望右望，九该打；讲话不悠然，十该打。还有一项特别奇怪的规定："看主单准看到肩，最好只能看胸前，一个大胆看眼上，怠慢尔王怠慢天！"在这样的规定下，后妃们生活得战战兢兢，动辄挨打。

洪秀全在他的天王府中享受了11年的帝王生活。1864年6月，在清军的隆隆炮声中，52岁的洪秀全忧病交加而死。他死后48天，天京沦陷，太平天国政权灭亡。

【点评】洪秀全作为太平天国农民起义的最高领袖，为太平天国政权的建立做出了巨大的贡献。但是，政权建立后，他不思进取，不为国家、百姓谋划美好的未来，而是贪图个人享受，高高在上，脱离群众，以致招来民怨，导致政权丧失，葬送了太平天国农民起义的成果，教训极其深刻。

（肖文华　编稿）

一切利己的生活，都是非理性的、动物的生活。

——［德国］海涅

一个贪婪的人对别人毫无好处，而对自己则更坏。

——拉美谚语

"三玩市长"雷渊利

2006年4月18日，长沙市人民检察院对原湖南郴州市副市长雷渊利提起公诉。80册堆积如山的卷宗，不仅记载了雷渊利173次受贿950万元、贪污18万元、挪用公款2650万元的犯罪证据，也记载了这个"三玩市长"腐化堕落的风流债。

雷渊利为"过好人生"，用手中的权力点权为金，将其"玩权、玩钱"的本领发挥得淋漓尽致！法院审理查明，1995年至2005年4月间，雷渊利利用担任郴州市苏仙区区委书记、永兴县县委书记和郴州市人民政府副市长的职务便利，在安排工作、承揽工程、解决政策优惠、减免费用等方面，为他人谋取利益，先后收受周吉等人所送财物折合人民币共计721.0174万元。

另查明，雷渊利与周吉约定合伙开发鲁塘市场等项目，为筹集开发资金，指使他人以郴州市住房公积金管理中心名义与银行签订质押合同，挪用公款1650万元；为周吉以鲁塘市场开发有限公司、郴州市三建公司名义向银行贷款进行项目开发提供质押担保，分得价值226.131万元的门面；将郴州市住房公积金管理中心的1000万元借给东进公司使用，进行营利活

动。

雷渊利生活腐化堕落，先后包养了九个情妇。自诩对每个情妇都有情有义的雷渊利，对她们的索求有求必应，他自己说像个运输队长，左手把钱接过来，右手就送给他的那些情人。办案人员在办案过程中，仅在雷渊利的情人黄某家一处就收缴赃款赃物400多万元。一个给他生了孩子的情妇，甚至要了1500万元的"孩子成长基金"。雷渊利出手大方的背后，有一个帮他买单的"高级保姆团"。这个"高级保姆团"的成员都是与雷渊利私交甚好、利益捆绑的郴州市企业公司的董事长和总经理们，他们得到的回报，则是雷渊利手中的权力带给他们的更大经济利益。

法院经过审理，判处雷渊利死刑，缓期两年执行，剥夺政治权利终身，并处没收个人全部财产，追缴犯罪所得，上缴国库。

雷渊利这个从普通乡村教师成长为副市长的乡村伢子，终因"玩权、玩钱、玩女人"而玩火自焚，给自己的人生画上了死缓的句号。

【点评】古语云："多行不义必自毙。"贪婪、嚣张、荒淫的"三玩市长"终于玩火自焚，走上了覆灭之路！

（章亮华　编稿）

暴君尼禄

提贝里乌斯·克劳狄乌斯·尼禄，古罗马暴君，生于公元37年。其父母虽是贵族，但却品行不端。其父多密提为乌斯经常酗酒、骗钱、杀人，被控犯有叛国罪、通奸罪和乱伦罪；其母阿格里披娜，权势欲极强，为达目的，谋杀、贪财、淫乱，无所不为。为了谋取皇位，她竟不惜违反人伦，嫁给自己的亲叔父、罗马皇帝克劳狄乌斯。这样的土壤，自然长不出好苗子。11岁时，尼禄过继给克劳狄乌斯当养子。公元54年，克劳狄乌斯死，尼禄以养子身份继承了罗马皇帝位。

尼禄杀人成性，他不分青红皂白杀害无辜，甚至连自己的家人也不放过。他参与谋杀了养父克劳狄乌斯，杀害了自己的弟弟布列塔尼斯库，谋杀了姑母多密提娅·列比达，杀死了妻子屋大维娅，踢死了另一个妻子波贝娅……对自己的生母阿格里披娜，他多次下毒，未果之后便设计活动天花板想砸死她。此计不成，又设计一艘极易散架沉没的游船想淹死她，只是阿格里披娜会游泳才逃过一难。不想，尼禄急红了眼，竟诬告其母派刺客前来行刺，下令处死其母。阿格里披娜被杀死后，尼禄一边饮酒一边观看其躯体，评头论足，毫无人性。

尼禄生活奢华，挥金如土。赌博台上，一掷千金；大兴土木，修筑"金屋"，耗费巨万。更为残忍的是，为夺取"金屋"附近的一些地盘，尼禄竟纵火焚烧罗马古城。大火烧了6天7夜，罗马16个街区，只有4个没有被烧。数不清的房屋被烈焰吞没，百姓哭天喊地。尼禄则登上塔楼，观看大火。熊熊大火使他心花怒放，于是他穿上舞台服装，高唱《特洛亚的毁灭》。

尼禄残忍凶暴的统治，终于引起罗马人的反抗。元老宣布尼禄为"人民公敌"，下令搜捕尼禄，并判鞭笞处死。尼禄东躲西藏，终于走投无路。公元68元，尼禄举刀自杀，时年32岁。

【点评】尼禄贪婪、狡诈、凶残、淫荡，毫无人性，是一只披着人皮的狼，他早已作为典型的暴君载入史册，成为人们道德警示的反面教材。

（张德敬　编稿）

213

祸莫大于不知足，咎莫大于欲得。

——［春秋］老子

金钱这种东西，只要能解决个人的生活就行，若是过多了，它会成为遏制人类才能的祸害。

——［瑞典］诺贝尔

浪荡才子大仲马

　　亚历山大·仲马是19世纪最受欢迎、最多产的法国作家之一，他的儿子就是创作小说《茶花女》的著名作家。因此，人们称他们父子为大、小仲马。

　　由于父亲早逝，青少年时期的大仲马饱尝生活的艰辛。20岁时，他凭着赌弹子赢得的90法郎，到巴黎打天下，并幸运地得到父亲旧友的帮助，当上了奥尔良公爵府上的公务员。为了生活有更好的保障，大仲马开始替法兰西剧院写剧本。然而，他花了三年时间写出的大量剧本，根本没有一个剧院接受。直到1828年2月11日，他的剧作《亨利三世》在法兰西剧院演出获得巨大成功，一夜之间大仲马成了巴黎戏剧舞台上的新帝王，成为浪漫主义戏剧的先驱。

　　戏剧创作的成功使大仲马名声大振，并获得了巨额的稿酬。暴富的大仲马开始出入上流社会，整日和那些贵妇人、女演员厮混，过着挥金如土、放浪形骸的生活。有一次，这个放荡的父亲严肃地对儿子小仲马说："我的儿子，你要配得上仲马这个名字，就必须生活得很阔绰，到巴黎饭店去吃饭，什么摆阔的事都别拒绝。"大仲马当时的生活方式和思想观念由此可见一斑。

大仲马对《基督山伯爵》主人公邓蒂斯过的那种富豪生活倾慕不已，以"基督山伯爵"自居，在圣日耳曼昂莱山脚下濒临塞纳河的地方买下一大块地皮，建筑他梦想的豪宅——基督山城堡。当建筑设计师告诉他城堡造价需要20万法郎时，这位"伯爵"大人豪放地说："但愿比这更多一些！"最后，花费70万法郎的基督山城堡于1847年7月25日竣工，建筑非常符合大仲马所要求的奢华风格。

大仲马生性豪爽，生活十分奢靡，经常在城堡里大宴宾客，饮酒作乐，城堡里常年住着大批的食客和一些风情万种的女人，大仲马每年花在这些人身上的钱数以万计。短短四年时间，大仲马不仅把所有财产挥霍一空，而且欠下了不少债务。1852年春末，基督山城堡被法院拍卖抵债。即便如此，大仲马也从来不反省自己的行为，有钱就花天酒地，没钱就穷困潦倒。

1870年11月的某一天，贫病交加、一文不名的大仲马醉醺醺地来到儿子小仲马家里，一坐下就大声说："我的孩子，我是到你这儿来等死的。"半个月后，大仲马去世。

【点评】大仲马一生创作了《三个火枪手》《基督山伯爵》等一大批优秀的文学作品，被后人誉为"通俗小说之王"，也是马克思最喜欢的作家之一。大仲马的经历充分说明：美好的理想总能给人创造热情和动力；奢侈的生活，则会使人失去方向和灵感。

（王华兰　编稿）

奢者狼藉俭者安，一凶一吉在眼前。

——［唐］白居易

节俭朴素，人之美德；奢侈华丽，人之大恶。

——［明］薛宣

"千日皇帝"博卡萨

1976年12月4日，军人出身、靠政变当上中非总统的博卡萨决定废除共和建立帝制，宣布自己为中非帝国"博卡萨一世"皇帝，1977年12月2日被特定为加冕大典日。

博卡萨为了使他的加冕典礼办得像拿破仑当年一样隆重豪华，专门修整了皇宫，重新装饰了班吉教堂，修筑了一条"博卡萨大道"，大道上竖起一座凯旋门和博卡萨的铜铸雕像。中非政府包租了22架外国飞机，从世界各地运来大量贵重物资。其中有法国高级葡萄酒4万瓶，红香槟22吨；从荷兰、澳大利亚和新西兰购进鲜花25000束，花瓣100多公斤；从西德、日本等国买了80辆轿车和数百辆摩托车。连拉皇帝御车的8匹良种白马也是进口的。在此之前，博卡萨出重金聘请了一批法国能工巧匠，为他设计定制了一个重达2吨的镀金宝座；一件重25公斤的白色御袍，上面镶有78万粒珍珠和近100万粒水晶珠；一顶镶嵌着6000粒钻石的皇冠。还从法国诺曼底定购了2000米鲜红色上等挂毯。据统计，加冕典礼耗资3000万美元，相当于中非帝国1977年收入的一半，而当时国库储备只剩下5万美元。

博卡萨称帝后，更加骄奢淫逸，挥霍无度。他有十几个不同国籍的妻妾，36个孩子；有3架专机和私人游艇，有私人野生动物园；有各式照相

机300多架；除了在巴黎拥有一所有50个房间的别墅外，在法国的其他地方和瑞士还有豪华的别墅；在国外银行有数亿美元的存款，有大量的汽车和许多公司。博卡萨生活奢华，家财万贯，而国家国库空虚，经济凋敝。职工、教员几个月领不到薪金，士兵领不到军饷，农民过着"吃饭靠大树，身上披块布"的赤贫生活。

为了聚敛财富，盘剥人民，博卡萨费尽了心机：所有年满18岁的国民必须成为黑非洲社会发展运动的党员，每个人必须交纳党费，这是一大笔收入；每个企业、组织和团体都摊派"自愿捐款"的数目，每个职工必须交纳工资的10%作为对皇帝登基的"贺礼"，农民则需交纳"节日税"；要求全国在校学生必须穿由皇室统一设计制造的服装，在校学生每人交纳5000非洲法郎（相当于20美元）购买，如有违抗，学生开除学籍，家长开除公职。

骄奢淫逸的博卡萨向如此贫困的人民敲骨吸髓，终于激起人民的强烈反抗，反政府事件不断发生。1979年9月20日，趁博卡萨出访利比亚，前总统戴维·达科发动政变，推翻了博卡萨政权。人们立刻涌上班吉街头，奋力推倒博卡萨铜像，用脚踩，吐唾沫，以泄心头之恨。众叛亲离的博卡萨只好流亡到巴黎。

1986年10月22日，梦想东山再起的博卡萨带着自己最心爱的妻子和5个子女偷偷飞回中非首都班吉，试图复辟。然而，他刚下飞机就被早已等候多时的中非军人逮捕。1987年11月14日，博卡萨被判处死刑。

【点评】博卡萨骄奢淫逸、专横跋扈，使得国家民穷财尽。多行不义必自毙，这个违背历史潮流、被中非人民痛恨的残暴皇帝，仅仅在位1016天就被赶下台，永远被中非人民所唾弃，在中非历史上留下了极不光彩的一页。

（戴小宝　编稿）

后 记

中共江西省委宣传部、江西省文明办、江西省教育厅、江西出版集团等有关单位自2006年起陆续编辑出版了《中外道德楷模100例》《中外道德警示100例》《中外和谐楷模100例》《中外创业传奇100例》《中外应对危机100例》《社会主义核心价值观100例》《中外应对网络舆情100例》《红色经典传奇100例》等单行本，旨在帮助和引导广大干部群众特别是青少年更加全面地理解和准确把握社会主义核心价值观、社会主义荣辱观、社会主义和谐观的深刻内涵，帮助和引导各级领导干部正确分析研判网络舆情，切实提高处置网络舆情和应对各种危机的能力。

本系列书出版后在读者中引起了热烈的反响，形成了鲜明的特色。为了使这套丛书能更好地适应市场的需求，方便广大读者的阅读，现将其统一整合为《100例经典系列丛书》，交由百花洲文艺出版社进行重新修订和再版。

由于编者水平有限，不足之处在所难免，敬请广大读者批评指正。

编 者
2016年11月

图书在版编目（CIP）数据

中外道德警示100例 / 刘上洋主编.—南昌：百花洲文艺
出版社，2016.8
ISBN 978-7-5500-1855-6

Ⅰ.①中… Ⅱ.①刘… Ⅲ.①道德 – 通俗读物 Ⅳ.①B82-49

中国版本图书馆CIP数据核字（2016）第182130号

中外道德警示100例

刘上洋　主编

出 版 人	姚雪雪
责任编辑	臧利娟
美术编辑	方　方
制　　作	黄敏俊
出版发行	百花洲文艺出版社
社　　址	南昌市红谷滩新区世贸路898号博能中心一期A座20楼
邮　　编	330038
经　　销	全国新华书店
印　　刷	江西千叶彩印有限公司
开　　本	720mm×1000mm　1/16　印张　14.25
版　　次	2017年1月第1版第1次印刷
字　　数	210千字
书　　号	ISBN 978-7-5500-1855-6
定　　价	26.00元

赣版权登字 05-2016-256
版权所有，侵权必究
邮购联系　0791-86895108　　邮编 330038
网　　址　http://www.bhzwy.com
图书若有印装错误，影响阅读，可向承印厂联系调换。